KB182326

어제도 오늘도 퇴준생입니다

입사보다 퇴사가 더 어려운
회사원을 위한 퇴사 준비 에세이

어제도
오늘도

퇴준생입니다
〔퇴 사 준 비 생〕

박철홍 지음

이담북스

Prologue

퇴사 생각이 있으셔서 책을 펼치셨죠? 잘 찾아오셨습니다.

평생직장이라는 말이 '전축'과 같은 옛 단어처럼 느껴지는 세상이 되었다. 한 직장에서 평생을 근무하는 일은 이제는 찾아보기 드문 일이 되었고, 퇴사와 이직은 모든 세대에서 일상적인 단어가 되어가고 있다. 그리고 이러한 경향은 젊은 세대의 회사원들 사이에서 더욱더 짙게 나타나곤 한다.

누구나 그렇듯 큰 기대감을 품고 들어간 회사는 생각과는 다른 경우가 대부분이었을 것이다. 쿨하고 멋진 회사원의 모습을 꿈꿔왔지만 거울 속 나의 모습은 축 늘어진 어깨와 초점 잃은 눈동자만을 가진 회사원이 되어 버렸고, 세계적인 기업 '구글'과 같이 멋진 사무실로의 출근을 꿈꾸었지만 현실은 너무나 칙칙해 빨리 벗어나고만 싶은 사무실일 것이다. 회사원으로서의 현실과 이상은 이처럼 큰 차이를 보이는 경우가 대부분이다.

그래서 그런 것일까? 필자와 같은 2030 회사원들은 그 힘들다던 취업난을 겪고 어렵사리 들어간 회사에서, 일상적으로 퇴사를 고민하고 이를 실행에까지 옮기곤 한다. 너무나 이해 못할 일들을 겪고 '홧김에', 이직 자리가 정해졌으니 별 고민 없이 '바로', 나와 회사가 맞지 않는 듯한 '느낌에' 등. 퇴사에는 다양한 사유가 있을 것이다. 물론, 대부분은 신중한 고민 끝에 퇴사를 결심했으리라 생각한다. 하지만 그렇지 못한 경우와 그럴 수 없는 경우 또한 많다는 것이 문제이다. 그리고 필자가 바로 그런 경우에 속하는 사람이었다. 막상 퇴사 고민을 시작하니 도움받을 만한 사람들도, 읽어 볼 만한 참고 자료들도 마뜩잖았다. 나에게 맞는, 아니 최소한 우리 젊은 세대에 걸맞은 자료를 찾아보려 애썼지만 찾기 어려웠다.

결국은 이러한 답답함을 참다못해, 나 다음에 퇴사를 고민하는 사람은 이런 일이 없도록 퇴사를 결정하고 이후 5개월간의 퇴사 수기를 쓰기 시작했다. 구체적으로는 에세이와 논설문의 중간 즈음의 형태로 글을 작성해 나갔다. 이 과정을 진행하면서 바람직한(?) 퇴사를 실행할 수 있었고, 새로운 꿈 또한 찾아낼 수 있었다. 아, 그런데 혹시 이 부분까지 읽고 머릿속에 '그럼 그냥 뻔한 퇴사 수기겠네…'라는 생각이 떠오르는가?

하지만 이 책은 결코 뻔한 방향으로 흐르지 않는다.

이 책은 퇴사를 권유하는 글이 절대 아니다. 오히려 책을 읽다 보면 퇴사 생각을 그만둘 수도 혹은 조금 더 진지하게 생각하게 될 수도 있다. 또한, 이 책은 현재 회사 생활을 하면서 우여곡절을 겪고 있을 때, 이를 벗어나는 방법으로 '퇴사'라는 단어를 해결책으로 제시하지 않는다. 오히려 너무 즉흥적으로 해결책을 찾은 것은 아닌지 강한 경고를 보내는 내용이 대부분이다. 본인이 하는 일에 대한 확신이 부족하고 스스로 점검이 필요할 때, 이를 위해 '퇴사'라는 방법을 선택하게 되는 것을 강력히 경계한다. 다만 올바른 퇴사 점검 방법을 제시하고, 만약 퇴사를 실행하게 되더라도 조금 더 본인에게 도움이 되는 방향으로 결정할 수 있도록 '레퍼런스'로서의 역할을 충실히 할 수 있는 글이다.

필자는 누군가에게 이래라저래라 지시하기에 완벽한 사람이 결코 아니고, 아쉽게도 아직은 성공한 작가도 아니다. 다만 그런데도 필자의 글을 한 번쯤 참고해 보라 권유할 수 있는 것은, 누구보다 딥-하게 회사 생활 그리고 퇴사에 대한 고민과 나름의 결론을 냈던 경험이 있기 때문이다. 구체적으로 이때 고민하면서 마셨던 술을 떠올리자면 몇 짝은 될 것이며, 뜯었던 치킨의 마릿수로 떠올리자면 중형 양계장 하나쯤은 차릴 정도의 수준일 것이다.

이 책이 당신의 취향일지 아닐지 아직은 확신할 수 없다. 다만 이 책이 당신이 고민하는 그 문제에 반드시 도움이 되리라는 것은 확신할 수 있다. 마치 서점 베스트셀러 목록에 내 취향이 있는지 슬쩍, 하지만 본인이 궁금한 부분이 나타난다면 자세히 이 글을 읽어봐 주었으면 좋겠다. 지금 하고 있는 고민에 대해 무엇이든 얻어 가겠다는 마음으로 한 장씩 읽어 나가다 보면 쓸 만한 것들을 찾아볼 수 있을 것이다.

Contents

PART 4. 퇴사, 그 이후의 이야기

퇴사 사유는 휴식입니다

퇴사 후 겪은 성공과 실패, 그리고…

* 해당 D-Day 기준은 어디까지나 참고사항이며, 절대적인 기준이 아닙니다.

Part 1

취업에 성공했습니다!
그러나…

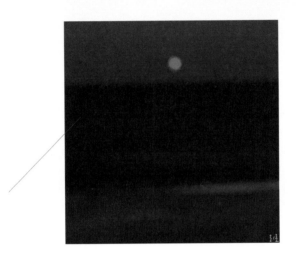

회사생활과 함께 사라진 것들

막연한 불안감 씨의 개명신청

취업준비생이라는 단어가 내포한 막막함을 아직 기억한다. 미래에 대한 막연함과 나의 현재 처지에 대한 불안감이 온통 머릿속을 뒤엉켜 놓던 시절이 있었다. 그때 삶의 목표는 오직 취업, 그리고 이를 위한 준비뿐이었다. 그때의 일정들은 기업설명회와 취업스터디, 그리고 각종 특강으로 가득 차 있었다. 자기소개서와 스펙을 위한 공부 외에는 다른 생각을 하지 않았다. 당연히 나의 상황을 차분히 돌아보거나 하는 여유는 절대 없던 시기였다. 쉼 없이 밤새 달려가는 행위만 지속하는, 위태로움으로 가득 찬 하루하루였다.

그리고 운 좋게도 취업에 성공했다.

이후 시작된 회사 생활은 이전에 갖고 있던 불안감을
단숨에 제거해 주었다. 기업에서 탈락 소식을 접할
때마다 찾아오던 무기력증과 우울증 그리고 불면증
은 순식간에 사라졌다. 새로운 공간, 새로운 상황, 그
리고 팀 막내로서 새로운 생활을 시작해야만 하는 나
에게 불안감과 같은 감정은 사치였을 뿐이었다. 낯선
이곳에서 다시 모든 걸 처음부터 배워나가기 시작해
야 했고, 그렇게 살아남아야만 했다. 당연히 이때에
도 나를 돌아볼 틈은 존재치 않았다. 단지 취업준비
생이라는 막막함이 사라지고, 주머니에 여유가 생겼
을 뿐 다른 부분은 이전과 크게 다르지 않았다. 신입
사원 시절 하루의 시작은 긴장 어린 출근과 함께, 하
루의 끝은 안도 어린 퇴근과 함께 마무리하곤 했다.
일은 익숙해질 만하면 어려워지고, 끝났다 싶으면 새
로운 것들이 주어졌다. 하지만 회사 생활을 하면 할
수록 경력이 쌓여서인지 아니면 요령이 쌓여서인지,
그 틈바구니에서 가끔 '여유'를 찾아낼 수 있었다.

그리고 문득 깨달았다.

내가 이전부터 갖고 있었던 불안감들이 아직 사라지지 않았다는 사실을 말이다. 다만 살아남기 위해, 주어진 현실에 하루빨리 적응하기 위해 모른 척 참아냈을 뿐이라는 것을 말이다. 나는 이러한 현실이 문득 떠오를 때마다 그 생각을 애써 소주 한 잔으로 밀어내렸을 뿐, 이를 해소할 생각을 하지 못했다. 이러한 방치 속에 취업준비생부터 갖고 있던 그 부정적인 것들은 늘 상존하고 있었다. 그리고 그때는 '막연한 불안감'이라는 이름을 갖고 있던 그것들은 어느새 '성'을 바꾼 채 나에게 성큼성큼 다가오기 시작했다. '확실한 불안감' 이제는 결코 소주 몇 잔으로 밀어낼 수 없는 존재가 되었다.

우리의 꿈을 녹이는 술잔을 마주치며

취업준비생이던 시절, 회사원이 되기를 꿈꾸며 생각했던 목표가 분명히 있었다. '본인의 삶과 일 그리고 운동을 즐기는 멋진 회사원! 그러면서도 주변 사람들과도 쾌활하게 지내는 회사원!'이 바로 그것이었다. 하지만 회사 생활을 거듭할수록 현실과 이상의 간극은 하염없이 멀게만 느껴졌고, 하루하루 주어지는 일들을 간신히 쳐내는 것 외에는 어떤 일에도 크게 집중할 수 없었다.

그리고 이렇게 간신히 일을 마친 후에는 내가 절실히 먹던 영양제들이 아무리 노력해도 1~2시간 분량의 기력밖에 남아있지 않은 채였다. 그리고 그 시간은 의미는 없지만 힘이 덜 들고 재밌는 것들로 채워나갈 수밖에 없었다. 목적의식이 부족한 상태에서 운동이나 공부와 같이 생산적인 일들을 해내는 것은 불가능했기 때문이다. 다이어리에는 매번 황금빛 계획을 세워 놓았지만, 실제 마무리는 초록색 병(소주)들과 함께 마무리하기 일쑤였다.

그렇게 시간은 무기력하게 흘러갔고, 황금빛 계획은 어느새 바래져버렸다. 조금이나마 위로가 되었던 것

은 나와 비슷한 처지인 동료들이 많았다는 사실뿐이
었다. 우리는 서로를 위로하며 다음과 같은 문장들을
주고받곤 했다. "꿈을 좇아가지 못하는 것은 잘못된
것이 아니다. 사실, 어른의 삶이란 원래 다 이런 것이
다." 이런 문장들을 억지로 삼키다 보면 하루는 어느
새 저물어갔다. 그리고 이러한 생각이 우리의 꿈을
갉아먹고 있다는 사실조차 모른 채, 우리는 자주 술
잔을 나누곤 했다. 지금 서로가 들고 있는 술잔의 방
향과는 달리 각자의 네 손가락은 스스로를 안타깝게
바라보고 있다는 사실을 애써 외면하며 건배를 했다.
짠. 꿈은 그렇게 스스로 녹아내려 갔다.

젊음은 나이와 무관하나, 20대와는 유관하다

"젊음은 나이와 무관하다."라는 말과는 달리 현실에
서 이 두 단어는 결코 무관하지 않은 것 같다. 젊음
은 '생기', '호기심', '패기' 등의 단어로 요약될 수 있
다. 그리고 우리가 경험했다시피 이는 일반적으로는
성인이 되기 이전에 절정을 이루고 이후에는 하향곡

선을 그리게 된다. 그리고 나 또한 이와 별반 다르지 않은 상황이었으며, 회사원이 되고 나서는 더 가파른 하향곡선을 그리고 있었다. 그간 당연하게 보유했던 '젊음'은 마치 공기처럼 너무나 당연히 존재하는 것이었기에 당시에는 존재 자체를 인지하기 어려웠다.

그렇게 시간은 흘렀고 무심코 달력을 보다가 20대가 한 달 남짓 남아있다는 충격적인 사실을 깨달았다. 문득 놀라 옆을 살펴보니 영원히 곁에 있을 거라 생각했던 젊음이라는 녀석은 어느새 모습의 대부분이 사라진 상태였다. 뒤늦게나마 젊음을 잡아보려 애타게 불러보았지만, 무엇이 문제였는지 대답은 결코 들을 수 없었다. 당시에는 그렇게 떠나가는 20대와 젊음이 아쉬워서 억지로 새벽까지 비몽사몽한 채 뭐라도 하면서 조금이라도 더 젊음을 만끽하려 했다. 그렇게 12월 31일은 어김없이 찾아왔고, 젊음은 이런 나의 어리석음을 조소하며 조용히 떠나갔다. 다시금 돌아오지 않기로 굳게 마음먹은 것처럼 뒤를 돌아보는 행위 한번 없이.

사라진 주말을 찾습니다

'신입사원', 당시엔 그 단어가 풍기는 분위기에 걸맞게 패기가 가득 차 있었다. 보통 기상 시간은 새벽 6시였고, 취침 시간은 밤 11시 언저리였으며, 퇴근 시간은 별 강요가 없었어도 밤 9시 이후였다. 그리고 자발적으로 풀 정장(빳빳한 와이셔츠와 정장을 넥타이와 함께 갖추어 입는 차림)을 매일 입었고, 늘 나의 업무 스케줄을 빈틈없이 채웠다. 그리고 이런 생활을 신입사원 딱지를 뗄 때까지도 지속하다 보니 어느새 회사가 집이요, 집이 곧 회사인 일상이 되어버렸다. 하지만 이때는 나를 뽑아 준 회사에 최선을 다해야만 한다는 숭고한(?) 신념이 있었기에 별 불만 없이 모든 시간을 회사에 '올인'하며 하루하루를 보냈었다.

하지만 이러던 나도 연차가 점점 쌓여갔고, 회사 자체적으로도 많은 변화가 있었다. 52시간 제도의 본격 도입에 따라 자연스럽게 야근을 지양하고 칼퇴근에 큰 눈치를 주지 않는 분위기가 형성되었다. 이와 더불어 나에게 특히 영향이 컸던 변화가 있었는데, 바로 '복장에 대한 제한 완화'였다. 이때서야 나는 풀정장이 엄청나게 불편한 복장이었다는 것을 새삼 깨닫고, 중요한 미팅이 있을 때만 차려입게 되었다. 별 것 아닌 것 같지만 나에게는 획기적인 변화 중 하나였다.

그러나 이런 긍정적인 변화와 달리 여전히, 아니 오히려 더 안 좋은 방향으로 흘러갔던 것이 있었다. 바로 업무에 대한 중압감과 스트레스였다. 하루하루 시간이 지나며 연차가 쌓일수록, 하는 일의 규모나 책임이 커질수록 이곳에서 밥값을 해내야만 한다는 압박감은 갈수록 커져만 갔다. 당시에 나는 회사에서 한 조직의 영업 관리를 맡았는데, 특히 관리 조직의 규모가 지역 단위에서 전국 단위로 커졌을 때 가장 압

박이 심했었다. 마치 두 손이 풍선을 안은 채로 묶여 있는데, 누군가 풍선에 계속 바람을 불어넣는 느낌이 랄까? 손에서 떨쳐낼 수 없는 풍선을 안으며 스트레스를 받는 것 외에는 내가 할 수 있는 일은 없었다.

이런 생활을 지속하다 보니 자연스레(?) 웃픈(웃기면서 슬픈)일들을 겪게 되었다. 때로 인간은 본인의 한계 이상으로 정신적 스트레스를 받게 되면 이상 행동을 보이게 된다고 하는데, 직접 겪어본 바로는 100% 맞는 말인 것 같다. 아래의 이야기들은 이런 이상 행동 중 누구나 겪어봤을 만한 것들을 골라 써 내려간 것이다. 이 이야기들이 당신에게 재미를 줄지, 슬픔을 줄지는 확신이 없지만 회사원이라면 공감할 만한 이야기라는 것은 확실하다.

이제는 타오르지 않는 불금에 대하여

매일이 무슨 요일인지 모르는 날들의 연속이었다. 하루 6시간 내외로 최소한의 수면량만 채우며 출근하곤 했다. 칼퇴에 대한 눈치는 줄었지만, 업무에 대한 눈치는 늘어만 갔다. 정해진 퇴근 시간까지 주어진 일들을 해결하기 위해 안간힘을 다 쓰며 매일을 보내야만 했다. 그리고 이렇게 정신없이 맞이한 금요일은 '불금'이라기보다는 '더 오래 잘 수 있는 날'일뿐이었다.

대학생 때는 불금이면 조그마한 불씨만 보이더라도 열심히 불태우며 하루를 보내곤 했었는데, 이제는 손에 토치가 있어도 불을 붙일 힘과 의지가 없는 금요일을 마주하게 되었다. 혹시나 불을 붙이는 날이 있다 해도 슬픈 잔불만이 지친 회사원을 반길 뿐이었다. 주량은 예전보다 반의반이요, 체력은 거기서 다시 반절이니, 이때의 불금은 결국 술집에서 자다 깨면서 마무리되기 일쑤였다. 그리고 이러한 '수면 엔딩'을 몇 번 겪다 보니 금요일 약속은 대부분 포기하게 될 수밖에 없었다.

하지만 나 스스로가 참 간사한 것은, 내 선택임에도 불구하고 자기 전이면 항상 놀지 않은 것을 억울해

했다는 것이었다. 그리고 이런 생각이 머릿속을 휘저을 때면 쉽사리 잠에 들 수 없었고, 뭐라도 하면서 스스로를 위로해야겠다는 마음이 절실해지곤 했다. 하지만 그 늦은 시간에 할 수 있는 일이 무엇이 있겠는가. 결국 게임을 하거나 예능을 보고 그래도 뭐 하나는 했다는 식으로 스스로를 위로하며, 몸도 마음도 불편한 채로 억지로 잠을 참는 것이 전부였다. 부질없는 일들로 의미 있는 시간을 흘려보내는 것, 이것이 나의 불금이었다.

그 많던 주말은 다 어디로 사라졌을까?

전 날의 온도가 어떠하였든 토요일은 시작되었고, 한 주간 축적된 피로감은 반드시 나를 찾아왔다. 온전히 하루를 시작하기 위해서는 절대적인 휴식이 선행되어야만 했다. 이를 위해 마치 안마의자를 조작하는 것처럼 스스로를 위해 '휴식모드'를 가동해 본다. 코스의 구성은 〈① 기상 습관에 따라 주말임에도 새벽 6시에 눈이 떠진다. ② 억지로 다시 잠을 청한다. 실패한다. 그리고 '휴식모드'의 오작동이 시작된다. ③ 제정신이 아닌 채로 일어난다. ④ 밥을 먹으며 별 의미 없는 일들을 한다. ⑤ 식곤증을 활용해서 낮잠을 잔다. ⑥ 별로 한 것도 없는데 저녁이 된다. ⑦ 어, 벌써??)로 이루어진다. 이 오작동은 그 주가 특별히 힘들었거나 불금을 억지로 즐겼을 경우 높은 확률로 발휘되었고, 그렇게 대부분의 토요일은 허무하게 사라지고 말았었다.

그렇다면 일요일은 어떠할까? 역시나 새벽 6시 즈음 눈이 떠지고 잠이 오지 않는다. 하지만 다행히 토요일보다 피곤함은 덜하다. 그러나 이때는 다른 것이 문제다. 무심코 시계를 바라보다 출근이 이제 24시간도 안 남았음을 깨닫는다. 처리해야 할 업무들이 문득 생각난다. 바로 '꼬리 밟힌 고양이 모드'가 가동된다. 일요일을 가장 성공적으로 망치는 방법은 기상과 동시에 월요일에 처리해야 할 일 생각을 하는 것이다. 이때는 마치 해당 모드의 이름처럼 극도로 예민한 상태가 된다. 차라리 한 주간 부족했던 수면량이나 더 채우면 좋을 텐데, 잠은 전혀 오지 않고 지금 해결할 수 없는 일 생각만이 머릿속에 떠오르기 시작한다. 결국 일요일을 불쾌함으로만 가득 채우게 된다. 토요일과는 다른 의미로 최악의 전개다.

물론 모든 주말을 이렇게 가만히 앉아 포기했던 것은 아니다. 새로운 취미활동을 시작한다든지, 친구들과 약속을 잡는다든지, 아니면 혼자서라도 나가서 시간을 보내곤 했었다. 하지만 근본적인 문제 해결이 없었기 때문에, 결국은 꼬리 밟힌 고양이가 된 채로 하루를 마무리하곤 했다. 그리고 그런 날의 밤이면 늘 깨달았었다. '이번 주말도 망했구나.' 그렇게 한탄과 함께 일주일은 마무리되었다.

근본 원인은 주7일제 근무, 그러니까 퇴사?

때로 어떤 노래 가사는 시처럼 느껴지곤 하는데, 이런 가사는 다른 곳에서 얻을 수 있는 것 이상의 깨달음을 주곤 한다. 그리고 과거에 즐겨 듣던 한 노래를 오랜만에 다시 들었을 때 이를 느꼈던 적이 있다. 우리의 일주일은 월화수목금금금…♪ '다이나믹듀오'라는 유명한 힙합 듀오의 2014년 노래이다. 그들의 노래 가사에 나의 회사 생활이 온전히 녹아있는 느낌이 들었다. 그래, 나는 애초의 계약과는 달리 '주 5일제'가 아닌 '주 7일제'로 일을 하고 있었다. 그것도 스스로 계약을 어겨가며 주말 2일은 '정신적'으로만 출근한 상태로 말이다. 차라리 물리적으로 출근을 했으면 돈이라도 더 받았겠지, 이런 짓은 정말 부질없는 짓이었다. 나는 새로운 한 주를 위한 에너지를 충전하며 보내야 할 주말을 매번 별생각 없이 날려버리고 있었다. 타개책이 절실히 필요한 최악의 상황이었다. 그러므로 나는 퇴사를 결심… 한 것은 아직 아니다!

이때는 퇴사라는 단어가 가진 중압감과 미래에 대한 고민이 전혀 이루어져 있지 않았기 때문에 '퇴사'라는 선택지는 나에게 아예 존재하지 않는 시기였다. 나는 이후에 이런 일들이 해결될 기색 없이 일상적으로 일어나고 있다는 것을 깨달은 뒤, 다시 시간을 두고 검증 과정을 거친 다음에야 실제 퇴사를 진행했다. 모든 일에는 순서가 있기 마련이다. 우선은 일반적인 해결책들을 시도해 보고 다음을 생각하자.

✳ TIP

혹시 필자와 같은 문제를 겪고 있다면, 우선 체력 관리와 마인드컨트롤을 진행해 보는 것을 추천한다. 주기적인 운동과 영양제 섭취, 최소 6시간의 수면시간을 통해 체력 관리를 하고, 업무에 대한 생각은 퇴근과 동시에 '의도적'으로 접어두는 마인드컨트롤을 해 보자. 치료를 받을 정도의 심각한 상태가 아니라면 대부분의 문제는 이 두 가지 방법으로 해결이 가능하다. 다만 필자는 스스로의 부족함으로 인해 이를 잘 활용하지 못했을 뿐이다.

회사원이 책을 좋아하세요?

어렸을 적에는 만화책, 이후에는 청소년 도서나 학교에서 배우는 작품들을 담은 책들을 읽었다. 그리고 대학생 때는 주로 순수 문학과 전공 서적을 읽었고, 지속해서 관심 분야를 넓혀 가며 다양한 책들을 읽으려 노력했다. 독서를 취미이자 자기계발의 수단으로 삼았었다. 당시에는 이렇게 책을 통해 다양한 지식을 하나씩 습득해 나간다면 '지식인'이 될 수 있을 것이라고 생각했다. 그러나 이 모든 계획은 회사원이 됨과 동시에 '올-스톱' 되어버렸다. 아침에는 대부분 비몽사몽했고, 퇴근 후에는 항상 자몽했다. 이런 와중에 책을 읽으려 하면 누군가가 "회사원인데 (감히) 책을 좋아하세요?"라고 속삭이는 듯했고, 동시에 잠이 쏟아졌다. 이와 같이 당시엔 읽을 만한 환경이 애

매한 경우가 대부분이었지만, 그럼에도 어떻게든 책
은 가방에 꼭 넣어 다니곤 했었다. 이번 글에서는 독
서를 취미로 갖고 있던 내가 이 취미를 버리지 못하
고 고집을 부리면서 겪은 슬픈 에피소드 3가지를 이
야기해 보려고 한다.

의도치 않은 북심(book心)

대학생 시절 우연히 읽었던 이석원 작가의 《보통의
존재》에서 발견한 빛나는 구절이 하나 있다. "진정으
로 굳은 결속은 대화가 끊기지 않는 사이가 아니라
침묵이 불편하지 않은 사이를 말한다." 처음 읽었을
때, 몸속으로 온전히 흡수되는 느낌을 받았던 문장이
다. 이때부터 누군가와 조금만 친해졌다 싶으면 이를
인용해 가며 대화하는 것을 즐겼고, 동시에 이 책을
이곳저곳 영업하며 다니곤 했었다. 그리고 어느 금요
일 퇴근 후 벌어졌던 술자리에서도 멋지게 이 문장을
이야기하며 그 자리의 화제를 이끌었다. 많은 동료들
이 이 문장에 공감을 보냈고, 자연스럽게 각자의 사

랑 이야기를 꺼내기 시작했다. 그날은 영업에 성공했다는 뿌듯한 마음을 안고 집으로 돌아갈 수 있었다. 그런데 문득 집에 가는 택시 안에서 충격적인 사실을 깨달았다. 내가 아직 《보통의 존재》를 소장하고 있지도 않다는 사실이었다. 대학생 때는 도서관에서 빌려 여러 번 읽었었는데, 이후에 책을 샀던 기억이 전혀 없었다. 취기가 오른 상태여서 그런지 부끄러움이 평소보다 더욱 크게 느껴졌고, 이를 진정시키기 위해 택시 안에서 바로 책을 주문했다.

며칠 후 친한 선배 A가 이별을 겪는 일이 생겼다. 당연히 회사에 오픈해서 위로를 받기에는 애매한 일이기에, 선배 혼자서 아픔을 삭여야만 하는 상황이었다. 평소보다 안 좋은 표정과 피곤한 모습의 이유를 친한 동료들은 알고 있었지만, 쉽게 위로를 전할 수 없었다. 이러한 상황에서 나는 우회하는 방법을 선택했다. 일전에 충동적으로 구매한 그 책을 선배에게 선물하는 방법으로 말이다. 이전 술자리에서 내가 말한 문장에 격하게 공감을 보냈던 선배였기에 분명 좋아

할 것이라 생각했다. 그리고 그 책을 읽으며 생각을 정리하길 바랐다. 예상대로 선배는 진심으로 고맙다는 인사를 건넸다. 그리고 나는 그날 퇴근길에 서점에 들러 바로 새 책을 추가로 구매했다. 그때까지만 해도 군더더기 없는 깔끔한 선물 그리고 뒤처리였다.

그리고 집에 돌아와 새로 구매한 책을 꽂으려 책장을 살펴보는 순간, 멀쩡하게 놓여 있는 《보통의 존재》를 발견했다. 그 순간 혹시 내가 선물을 했다는 게 환상이었나 싶었다. 하지만 핸드폰에는 선배가 추가로 보낸 감사 문자가 남겨져 있었다. 내가 선물한 책, 오늘 구매한 책, 그리고 눈앞에 있는 책 모두가 현실이었다. 순간 회사 생활로 올—스톱되었던 기억이 돌아오기 시작했다. 다양한 문제가 산재하던 취업준비생 시절에 공감과 위로가 필요해 그 책을 이미 구매했었던 잃어버린 기억이 스멀스멀 떠올랐다. 결국 나는 아이돌 팬이 팬심(fan心)을 발휘해 같은 앨범을 여러 장 구매하듯이, 그 책을 3권이나 구매하며 의도치 않은 북심(book心)을 증명하게 되었다. 덕분에 내 책장에는 아직도 2권의 같은 책이 꽂혀있게 되었고, 요즘도 그때 실수를 생각하며 가끔 꺼내 읽어보곤 한다.

책을 향한 잘못된 집착

'책을 좋아한다'는 사람은 크게 두 부류로 나눌 수 있다. 책을 통해 '무언가'를 얻고자 하는 사람 그리고 책장을 채우기 위해 '책'을 얻고자 하는 사람으로 말이다. 그리고 나는 두 방향 모두를 추구하고자, 읽고 싶은 책들로 우선 책장을 가득 채워서 한 권 한 권 읽어 나가며 지식 습득하는 것을 목표로 삼았다. 그리고 회사원이 되면서 이 목표를 실제로 달성할 수 있는 상황이 되었다. 이제껏 쌓아온 읽고 싶은 책들의 리스트와 더불어, 금전적 여유가 생겼기 때문이다. 하지만 이때 늘어난 금전적 여유만큼 시간과 마음의 여유는 하염없이 줄어가고 있는 상태였다. 결국 나는 계획과는 달리 시간이 흐를수록 책보다는 더 즉각적인 만족감만을 찾게 되었다. 점점 음식이나 술을 통한 위로만을 선호하게 되었고, 이전에 세웠던 목표는 자연스럽게 잊혀져 갔다.

하지만 스스로 세운 목표를 포기하면서 생긴 죄책감만은 쉬이 사라지지 않았다. 결국엔 미봉책으로 한 가지 방향만이라도 추구하기로 마음을 먹었고, 이는 책장에 책을 가득 채우는 책을 향한 잘못된 집착으로 실현되었다. 어느새 책장에는 내가 읽었던 책보다 몇 배가 많은 수의 읽지 않은 책들로 가득 차게 되었고, 곧 책장을 추가로 구매해야만 했다. 그렇게 독서라는 취미 그리고 이전에 세웠던 목표의 한 축은 허무하게 무너져 버리고 말았다.

쌓여가는 죄책감

거실에 멋지게 놓여있는 책장을 바라볼 때면, 수많은 새 책들이 매번 나를 흘겨보고 있는 듯했다. 마치 읽지도 않을 거면서 왜 나를 여기로 데려왔냐고 말하는 것 같았다. 나는 죄책감을 조금이라도 덜기 위해 가방에 책을 한 권씩 넣고 다니며 출근길에 읽는 시늉을 거듭하는 습관을 가지게 되었다. 물론 이마저도 피곤한 날에는 하지 못했다. 피곤한 상태로 지하철에서 서서 책을 읽다가는 앞사람을 향해 책을 떨어뜨리기 일쑤요, 앉아서 읽는 경우에는 순식간에 잠들기 일쑤이기 때문이다. 하지만 그런 와중에도 지켰던 독서에 대한 원칙이 하나 있으니, 바로 '감성과 이성의 상호작용'이다. 뭔가 있어 보이는 말이지만, 실제로는 그냥 문학과 비문학을 번갈아 가면서 읽었다는 뜻이다. 그렇게 하루는 문학책을 읽을 순서가 되었고, 책장에 꽂혀있던 김연수 작가의 《파도가 바다의 일이라면》이라는 소설책을 고르게 되었다. "파도가 바다의 일이라면, 너를 생각하는 것은 나의 일이었다."라는 소설 속 문장이 마음에 들었고, 책 두께도 적당해 2주 정도면 읽을 수 있는 무난한 책이라 생각했다.

그렇게 읽기 시작한 소설은 생각 이상으로 재밌어서 퇴근 후 피곤한 상태에서도 손에서 놓지 않고 읽을 수 있었다. 그리고 그만큼 집중해서 읽어서인지 소설의 극적인 부분들을 예측해 볼 수도 있었고, 이는 대부분 들어맞았다. 요즘은 좀 게을러졌지만 그간 쌓아온 문학적 내공이 힘을 발휘하는 것 같아 뿌듯했다. 심지어 어느 순간부터는 이제 막 출연할 캐릭터의 이름까지도 맞힐 수 있게 되었다. 어? 이 부분부터는 뭔가 이상했다. 어떻게 아직 나오지 않은 정보를 미리 알 수가 있단 말인가. 읽는 것을 잠시 멈추고 유심히 책을 살펴보았다. 그리고 책의 마지막 부분에 작게 적혀있는 나의 낙서를 발견하게 되면서 사태의 진상을 깨달을 수 있었다. 이 책은 이미 읽었던 책이었다. 문학적 내공의 발휘는 무슨, 자기가 몇 달 전에 읽은 책을 기억도 못하고 있었다. 아무리 정신이 없다고 해도 이런 실수를 할 수가 있는 것인지, 한 번도 겪어보지 못한 일 덕분에 스스로에 대한 죄책감은 늘어만 갔다.

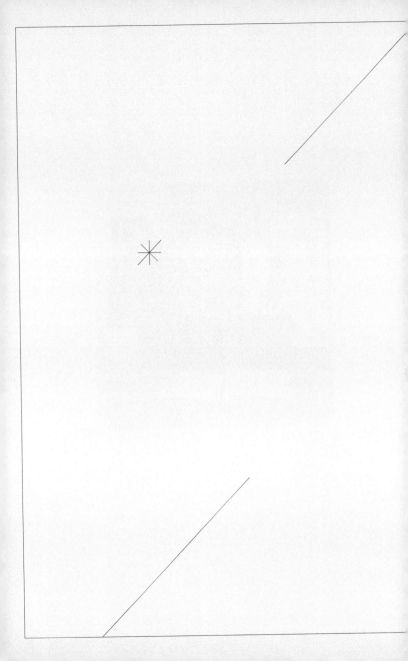

회사가 싫은 건지,
내가 싫은 건지 모르겠어요

여유가 있어야 여유 있게 일하지

그런 한 주를 경험해 본 적 있는가. 월요일에 출근
하고 정신을 차리고 보면 어느새 한 주의 끝 금요일
이 되어있는 것을. 회사와 집 외에는 아무 곳도 들르
지 않는 평범한 평일을 보내다 보면 어렵지 않게 겪
을 수 있는 일이다. 당연하게도 이런 하루를 보낼 때
는 행복은커녕 가볍게 웃을 일도 드물어진다. 하지만
이런 때에도 나에게 행복을 느끼게 하는 순간이 있었
다. 바로 유달리 힘들었던 날 퇴근길에 집에서 먹을
치킨을 고르는 때였다. 그 순간만큼은 행복이 눈앞에
다가온 듯한 느낌이 들 정도였다. 철학자 사르트르
는 "인생은 B(Birth)와 D(Death) 사이의 C(Choice)
다."라고 말했다. 하지만 나는 이 위대한 철학자의
명문을 감히 수정해 보려 한다. 인생은 B와 D 사이의

C(Chicken)라고 말이다. 나에게 치킨은 회사 생활에 지치고 힘든 삶의 과정에서 견뎌낼 수 있는 작지만 소소한 행복이었다. 당시에는 행복이 너무나 생소하게 느껴졌기에 이렇게라도 찾은 행복의 조각이 너무나 반가웠다. 물론 그에 따른 결과는 너무나 무거웠고 (비만), 그로 인해 새로운 스트레스(다이어트)가 생겼지만 말이다.

흔들리는 눈썹 속에서 네 샴푸 향이 느껴진 거야

근태를 특히 중요시했던 회사에 다녔기 때문에 매일 아침은 말 그대로 긴장의 연속이었다. 어쩌다 6시 알람 소리를 듣지 못하고 조금이라도 늦게 일어난다면 평소보다 몇 배 빠른 속도로 출근 준비를 끝내야만 했다. 그럴 때면 비몽사몽한 채로 화장실에서 양치질을 하면서 몸을 적시고, 샴푸와 바디클렌저 그리고 폼 클렌징을 한꺼번에 바르며 모든 샤워 과정을 순식간에 끝냈다. 웬만큼 늦게 일어나지 않고서는 이 방법으로 한 번에 씻어 내려가면 출근 시간에는 큰 타격이 없었다.

그러던 어느 날, 뜬금없는 회식을 진행하게 되었다. 최근 실적이 많이 오른 점포의 점장님들을 모아 저녁을 대접하자는 팀장님의 긴급 제안이었다. 사실 이날은 너무 피곤했던지라 회식을 한다는 것 자체가 두려웠지만 이런 생각도 잠시, 우선 회식 장소를 찾는 데 집중해야만 했다. 특히 이날은 이사님도 자리에 함께하실 예정이라 어느 한 부분도 허투루 할 수 없었기 때문이다. 다행히 걱정과는 달리 회식은 별 탈 없이 마무리되었다. 하지만 진짜 문제는 회식 후에 발생했다.

녹초 상태가 되어버린 채 집에 도착해 시계를 보니 이미 새벽 2시가 넘은 시간이었고, 너무나 피곤했던 탓에 외투만 겨우 벗고 바닥에서 그대로 잠이 들어버렸다. 그리고 금방 다시 눈을 떴다. 다시 새벽에 보았던 시계를 올려다보니 이번에는 7시를 가리키고 있었다. 그래, 아직 꿈속이구나 싶어 핸드폰을 봤다. 핸드폰은 아예 꺼져있는 상태였다. 아, 그래서 알람이 안 울렸던 거구나…. 헉! 비상상황이었다. 정신을 차릴 틈도 없이 바로 화장실로 향했고, 평소보다 몇 배는 더 빠른 속도로 온몸을 씻었다. 그런데 빨랫비누로 감은 것도 아닌데 유달리 머리가 뻑뻑하게 느껴졌다. 그리고 몸에는 유난히 거품이 나지 않았고, 미끄럽게만 느껴졌다.

이상한 느낌이야 어쨌든 시간이 없으니 급하게 샤워를 마무리했고, 몸을 닦으면서 그 이상한 느낌의 실체를 알 수 있었다. 디자인은 같고 작게 쓰인 문구만 달랐던 샴푸와 클렌징 폼을 급한 마음에 바꿔 사용했었던 것이다. 순간 현타가 살짝 왔지만, 지각을 막기 위해서는 당장 움직여야 했다. 서두름의 강도가 높았던 덕분에 다행히 지각은 면할 수 있었지만, 그날 나의 눈썹에서는 하루 종일 샴푸의 플로랄 향이 퍼졌었다.

극락조도 시들게 하는 회사원의 삶

거실 공간의 대부분을 차지하고 있던 낡은 가구를 버

리면서 내 방 한쪽을 차지하던 2개의 책장을 거실 한쪽 벽으로 옮겼다. 딱 맞으면 좋았겠지만, 2개의 책장 가운데 작은 공간이 생겼다. 이를 위해 소형 책장을 가져와 배치했지만 왜인지 그 부분이 계속 허해 보였다. 아마 모든 벽지와 가구까지 다 하얀색인 탓인 것 같았다. 이대로는 굳이 거실로 책장을 옮겨온 의미가 없었다. 부족함을 채울 수 있는 방법을 한참 동안 찾아보던 중 '반려 식물'이라는 해답을 찾을 수 있었다. 삭막한 공간에 포인트를 줄 수 있을 뿐만 아니라, 공기 청정 효과로 건강에도 좋은 영향을 줄 수 있는 완벽한 해결책이었다. 지체 없이 인터넷으로 '극락조'라는 식물을 주문했다. 멋진 모양새와 관리가 편하다는 점과 '영구불변'이라는 꽃말까지, 마음에 안 드는 부분이 하나도 없는 식물이었다. 며칠 후 배송 온 극락조를 조심스럽게 책장 사이 공간에 놓았다. 쭉 뻗은 잎사귀들이 흰색 배경과 멋지게 어우러졌고, 이내 거실의 부족했던 그 느낌을 가득 채워주었다. 그저 식물을 하나 놓았을 뿐인데도 뭔가 활기찬 느낌이 드는 듯했다. 극락조는 이처럼 가끔 지나

가며 바라보는 것만으로도 나에게 큰 기쁨을 주었다.

극락조를 사고 한 달이 안 되었을 무렵이었다. 회사에서 정기 인사이동이 있었고, 나 또한 자리를 옮기게 되었다. 내가 관리하던 매출 규모는 기존 대비 몇십 배 이상 늘었고, 그만큼 업무량과 중압감은 커져만 갔다. 이러한 상황에서 살아남기 위해서는 기를 쓰고 업무에 적응해야만 했고, 자연스럽게 시간은 순식간에 흘러갔다. 계절이 그렇게 두 번 정도 바뀌었을 즈음, 극락조가 갑자기 떠올랐다. 하지만 바로 거실에 나가 살펴본 극락조는 이미 초록빛을 잃고 갈변한 상태였다. 변명할 것 없이 식물을 위한 기본적인 관리도 하지 못한 탓이었다. 죽이는 것이 더 어려워서 '영구불변'이라는 꽃말을 가진 극락조는 이렇게 무기력하게 말라가고 있었다. 뒤늦게나마 식물용 영양제를 사서 꽂아봤지만 소 잃고 외양간 고치는 꼴이었고, 결국 극락조는 며칠 후에 아예 시들고 말았다. 그리고 스스로만 신경 쓰느라 작은 식물 하나도 제대로 지켜내지 못했다는 죄책감에 내 마음도 시들어 버

Part 2. 회사가 싫은 건지, 내가 싫은 건지 모르겠어요

리고 말았다.

열심히 일하지 마세요

회사 생활 시작과 동시에 가장 먼저 버려야 하는 단어가 있었다. 평소에 정말 일상적으로 사용하는 단어임에도 불구하고, 회사원이 된 순간부터 나는 이를 마치 해리포터 세계관 속 '볼드모트'처럼 생각해야만 했다. 사내에서 이 단어를 내뱉는 순간 분위기가 싸해졌고, 즉시 스스로의 언행을 고쳐야만 했기 때문이다. 지금 설명하고 있는 이 단어는 바로 '열심히'이다. 내가 다녔던 회사는 단순히 열심히 일하는 사람보다 일을 '잘'하는 사람을 필요로 했고, 이를 위해 스스로의 언어습관부터 고쳐나가는 것을 직·간접적으로 요구했다. 하지만 이처럼 회사가 바라는 것이 명확했음에도 신입사원 때는 이게 도통 무슨 말인지 알 수가 없었다. 그래서 하루는 답답한 마음에 멘토 역할을 해 주었던 A 선배에게 질문했다.

"선배, 일 잘하는 방법을 알고 싶습니다!"

"그래? 그냥 여유 있게 해. 너무 긴장하거나 잘하려고 하지 말고. 그리고 혼나는 게 일상이라고 생각하는 게 마음이 오히려 편할 거야."

"네? 네……."

처음엔 무슨 말인지 잘 이해가 안 되었다. 여유가 없는데 어떻게 여유 있게 일하라는 것이며, 혼나는 것이 어떻게 일상이 될 수 있단 말인가. 생각이 깊어졌지만 별다른 답을 찾을 수는 없었다.

이후 신입사원이던 나도 점차 경험을 쌓게 되었고, 이때 진행해 오던 일이 잘 풀려 꽤나 인정을 받는 일도 생기게 되었다. 당시에는 진심으로 내가 뭘 잘했다기보다는 그냥 운이 좋았다고 생각했다. 뭔가 특별한 것을 한 게 아닌, 그냥 세워진 계획대로 일한 것이기 때문이다. 그러다 문득, 이전에 A 선배가 해 주었던 조언의 참의를 깨닫게 되었다. 일을 잘하기 위한 방법은 따로 존재하지 않으며, 그저 해야 할 일들을 해 나가면서 성과가 발휘될 때를 기다리는 것이 회사 생활의 핵심이었던 것이다. 혹시나 그 과정에서 문제가 생긴다 해도 태연하게 받아들이며 해야 할 일을 지속한다면 언젠가 반드시 빛날 때가 온다는 것이 당시 선배가 전해준 말의 진정한 속뜻이었다.

선배가 전한 하얀 공감

B 선배는 실제 경력이나 나이 차이와 관계없이, 모든 후배에게 존댓말과 함께 존중을 건네는 분이었다. 평소 내가 생각하던 '모범적인 선배'의 모습과 가까웠고, 성격과 취향 또한 나와 비슷해서 이내 인간적인 호감을 갖게 되었다. 이외에 B 선배가 인상 깊었던 건 다른 이유도 있었는데, 그의 머리엔 유달리 많은 하얀 새치들이 있었기 때문이다. 사내에서 중요도가 높은 업무를 전담하고 있었던 선배는 늘 엄청난 중압감과 함께 한계 이상의 스트레스를 받곤 했다. 하지만 이를 절대 후배들에게 풀거나 하지 않고 늘 스스로 감내하곤 했고, 아마 이런 이유로 선배의 머리엔

유난히 새치가 많지 않았나 싶다. 팀 내 상급자분들은 그에게 농담으로 염색 좀 하라고 종종 말하곤 했고, 그때마다 선배는 사람 좋은 웃음을 지었다. 나는 이런 선배를 볼 때마다 두 가지 감정을 느꼈다. 첫 번째는 업무 스트레스의 상상 못할 무서움이요, 두 번째는 3년 후 내 머리 상태가 저렇게 될 수도 있다는 두려움이었다.

B 선배와는 1년 정도 같은 팀에서 일했고, 이듬해 나는 다시 다른 팀으로 발령받게 되었다. 달라진 팀으로 자연스럽게 B 선배와는 업무적 연관도 멀어지게 되었고, 시간이 조금 흐른 후에는 가끔 인사를 나누는 것 외에는 별다른 대화를 나누지 않게 되었다. 그리고 다시 한참의 시간이 흘렀다. 회사 생활에 대한 고민이 가득 차오르던 어느 가을날, 선배의 제안으로 오랜만에 같이 점심을 먹게 되었다. 이때 고민을 선배한테 얘기해 볼까 생각도 했지만, 막상 식사 시간이 되니 무겁지 않은 시시콜콜한 얘기들만을 나누게 되었다. 당시엔 생각이 정리가 덜 된 상태였고, 고민

을 털어놓기엔 시기상조라고 생각했기 때문이다. 어쨌든 이렇게 즐거운 시간을 보내고 우리는 다시 회사 앞으로 돌아왔다. 그리고 엘리베이터를 타기 전, 선배는 나를 3초 정도 바라보고 난 후 말했다. "요새 고생 많이 하는구나." 그냥 의례상 하는 말인가 싶었지만 뭔가 묘한 기분이 느껴지는 말이었다. 다른 층으로 올라가는 선배에게 인사하고, 자리로 돌아와 양치하기 위해 화장실로 갔다. 그리고 그곳에서 그 묘함의 원인을 알게 되었다. 내 머리도 당시의 선배처럼 하얀 새치로 덮이고 있었던 것이다. 그렇다. B 선배가 나에게 전했던 것은 '하얀 공감'이었다. 그리고 그 마음속에는 진심 어린 걱정이 가득 담겨있었다. 마치 본인만큼 스트레스를 받지 않길 바라는 것처럼 말이다.

—

위 내용 중 공감 가는 사례가 있었는가? 필자는 평소 이성적이며 계획적인 사람이 되는 것을 목표로 삼고 있고, 이 노력을 인정받아 입사할 수 있었다. 그래서 그런지 앞에서 설명한 난감한 일들은 더욱 큰 타격이 되었고, 해결책도 모른 채 자괴감만 늘어갔었다. 그리고 한참의 시간이 흐르고 나서야, 그때 그 일들의 발생 원인을 알 수 있게 되었다. 이는 바로 '여유' 부족으로 발생했던 것이다. 물론 여기서 말하는 여유는 '시간적 여유'보다는 '마음의 여유'와 더 가까운 개념이다. 그리고 이러한 여유는 본인의 앞에 놓인 상황들을 제대로 다룰 수 없을 때 사라질 가능성이 더욱 농후하다. 그럼 해결책은 무엇일까?

✳ TIP

우선 본인이 여유가 없는 상황이라는 것을 깨닫는 것이 시작이다. 아무 생각 없이 본인에게 일어나는 일을 방치하지 말고 바로 바라보는 것 그리고 이로 인해 상황이 더 심각해지기 전에 올바른 회복 방법을 찾는 것이 필요하다. 이때 잘못된 해결 방법(음주, 폭식 등)을 사용한다면 상황은 더 심각해질 수 있다. 이 책에서 소개하는 사례들을 본인의 상황을 판단하는 '바로미터'(사물의 수준이나 상태를 아는 기준이 되는 것)로 활용해 보았으면 한다. 유달리 필자의 글들에 공감이 간다면, 혹시 똑같은 일들을 본인도 겪고 있다면 잠깐이라도 좋으니 본인에 대해 진지하게 생각하는 시간을 가져보자.

고민은 결코 단순하게 끝나지 않을 것이 분명했다

이 일의 책임자는 누구인가요?

한 해의 절반이 지나가고 있을 무렵, 기존 업무들과 더불어 신규 프로젝트들의 업무 진척을 위해 바쁜 하루를 보내고 있었다. 이러한 프로젝트 중에는 업무의 분담과 방향성이 명확한 것도, 그렇지 못한 것도 있었다. 그렇지만 어떤 상황이든 이미 시작한 일을 멈출 수는 없는 상황이기에 사력을 다하고 있었다. 그러던 와중 한 프로젝트에서 변수가 발생했다. 상황은 생각보다 훨씬 심각했고, 해당 거래처와 관계가 끊어질 정도로 악화되었다. 하지만 프로젝트 참여자 모두가 이 일 외에 각자의 본 업무에 온 정신을 쏟고 있는 상태였다. 특히 이 프로젝트는 우리 모두가 프로젝트를 진행하는 참여자이긴 했지만, 이 프로젝트를 총괄하는 전담자는 없었기 때문에 상황은 더욱 악화만 되어 갔다. 결국 윗분들의 질책이 있고 나서야 참여자 모두가 사건 수습을 시작했다. 다행히 큰 문제없이 일은 해결되었지만 이후 해당 사건의 책임자에 대한 문책이 있었다.

그리고 그 책임자에 대한 문책은 참여자 중 상대적으로 분담률이 높았던 나에게 돌아왔다. 같이 업무를 수습한 팀원들에 대한 미안함과 스스로에 대한 자책이 이어졌다. 그렇지만 뭔가 모를 께름칙함은 마음속에 여전히 남아있었다. 1% 정도의 작은 분담률 차이로 내가 책임자가 되었다는 억울함이 머릿속에 계속 들어있었기 때문이었던 것 같다. 하지만 이를 표출하는 것보다는 문제가 무엇인지 정리해 보는 것이 나에게 더 도움이 되는 일이라 생각했다. 이 사건에 대한 의문점은 세 가지였다. 첫 번째, 전사적으로 이슈가 되고 나서야 중요성을 인지하고 구체적인 지시를 내리는 이유에 대해. 두 번째, 이렇게 중요한 일에

어제도 출근한 나에게

58

왜 전담자를 명시하지 않았는가에 대해. 세 번째, 모든 일이 벌어지고 난 후 시스템적인 보완책을 찾기보다는 책임자를 색출하는 데에만 집중하는 이유에 대해. 이런 의문들은 사건이 해결된 이후에도 머릿속에서 계속 맴돌기만 했다. 그리고 이 사건 이후 나는 다시 처음으로 돌아가 신입사원 시절 세웠던 목표에 대해 다시금 생각하기 시작했다.

인정받는 회사원에서 생존하는 회사원으로

회사 생활은 나에게 회사원이라는 멀쩡한 신분과 가족들의 안심, 그리고 정기적인 급여 등 많은 것들을 주었다. 대학생 때부터 삶의 목표는 회사원이 되는 것이었기 때문에 마치 인생의 모든 것을 달성한 것만 같았다. 그런 만족감과 함께 수습 기간을 마무리했고, 곧이어 새로운 목표를 세웠다. 이는 바로 '인정받는 회사원'이 되는 것. 업무뿐만 아니라 사내외 인간관계에도 능숙한 회사원 말이다. 그리고 다시 시간은 흘러 입사한 지 1년이 될 무렵 운 좋게도 맡고 있던 업무에서 괜찮은 성과를 낼 수 있었다. 이렇게 처음으로 인정을 받고 기쁨이 채 가시지 않을 무렵, 곧이어 새로운 팀으로 옮겨 다른 업무를 맡게 되었다.

그리고 바로 위기가 찾아왔다. 관리 단위가 금액 기준으로는 몇 십 배, 지역 기준으로는 전국 단위가 되면서, 중압감이 상상 이상으로 늘어났다. 이전 담당자는 7년 차 경력직이었는데 왜 이제 2년 차인 나에게 이런 일을 맡기는지 의문이 들기도 했지만, 일단 일을 맡은 이상 최선을 다하는 것 외에 다른 선택지는 없었다. 인수인계를 받고 정신을 차리고 보니 한 달이 훌쩍 지나 있었다. 하지만 한 달을 정신없이 보내고도 여전히 새로운 업무를 익히는 데 정신을 차리지 못했고, 단순히 몇 달 열심히 해서 해결될 수준의 일이 아니라는 것을 깨달았다. 이는 혼자서는 결코 해결할 수 없는 시스템 자체적으로 고인 문제들이 산재해 있었기 때문이다. 이때는 문제가 있다는 사실만 간신히 알아냈을 뿐 해결하는 방법이나 스킬은 여전히 부족한 상황이었다. 그리고 해당 업무의 사내 중요도가 높지 않다는 문제까지 있어 해결책을 세우기가 더욱 난감했다(사내 중요도가 낮을수록 타 부서에 협조를 구하기 어려움). 말 그대로 모든 일이 첩첩산중과 같이 느껴졌다.

업무 적응을 위해 야근을 밥 먹듯이 하다가 불현듯 맞이한 설 연휴 전날, 기존의 목표를 수정하기로 결심했다. 바로 '인정받는 회사원'에서 '생존하는 회사원'이 되는 것으로 말이다. 일단 어떻게든 살아남는 것이 우선이란 생각이 들었다. 당시의 회사 생활은 마치 매일이 탱크와 전투기들이 돌아다니는 전쟁터와 같이 느껴졌는데, 나는 그곳에서 과도 한 자루만 쥔 채 살아남아야 했다. 그래, 사과 깎을 때 쓰는 그 과도 말이다. 살아남는 자가 강한 것이라는 진리를 믿고, 아등바등 애를 쓰며 요일 구분이 모호한 일상을 보냈다. 과장을 조금 보태서 눈을 감으면 집, 눈을 뜨면 회사인 수준으로 일했을 정도였다. 그리고 다시 시간은 흘러 여름이 되었고, 땀을 뻘뻘 흘리면서 일을 하던 어느 날 문득 깨달았다. 내가 살아남았다는 것을. 그리고 벌써 여름휴가를 떠날 때가 되었다는 사실을 말이다. 설 이후 여름휴가가 되기까지 반년가량의 시간은 이처럼 짧게 느껴졌다.

회사원이라는 잘못된 꿈의 방향

매년 휴가를 같이 보내는 막역한 친구들과 부산으로 여행을 떠났다. 어느새 친구들은 자기 밥벌이는 할 정도의 수입이 생겼고, 드디어 모두의 주머니 사정에 여유가 생겼음을 축하하며 비싼 KTX 표를 끊고 떠나는 여행이었다. 쾌적한 부산행 KTX에 자리를 잡고 보니, 대학생 때 떠났던 내일로 여행이 생각났다. 무궁화호 제일 마지막 칸, 제일 마지막 좌석 뒤 좁은 공간에 억지로 몸을 구겨 넣어 잠을 청하던 그때 그 여행이 말이다. 말도 안 되게 불편한 자리였지만, 이마저도 자리를 못 잡은 다른 친구들에게는 부러운 자리였다. 추억을 더듬다 보니 금세 부산에 도착했고 친구들은 너나 할 거 없이 모두 들떠있었다. 그런데 이때부터 가슴이 불규칙하게 뛰기 시작함과 동시에 편두통이 심해졌다. 처음에는 시간이 지나면 멈출 거라 생각했지만, 원인을 알 수 없는 이 편두통은 여행 내내 나를 괴롭혔다. 그리고 여행의 마지막 날, 비로소 이 통증의 원인을 깨달을 수 있었다. 당시에 나는 몇몇 업무들을 남긴 채 휴가를 떠났던지라 그 압박감을 차마 떨칠 수 없었던 상황이었다. 그래서 휴가의 시작부터 업무 복귀를 해야 하는 미래를 두려워하고 있었고, 이로 인해 나도 모르게 스트레스를 받았던 것이다. 오랜만에 떠나온 여행인 만큼 친구들과 즐겁게 노는 것에만 집중하려고 했지만, 원인을 알 수 없는 이 편두통으로 결국 모든 일정을 망치고야 말았다.

그렇게 허무하게 휴가를 날리고 서울로 돌아오는 기차에서 다시금 과거의 추억이 떠올랐다. 그때의 불편한 내일로 여행보다는 지금의 부산 여행이 확실히 여유가 넘치는 상황이었다. 월급에 따른 금전적 여유는 물론, 여름휴가라는 시간적 여유도 있었기 때문이다. 또한, 회사원으로서의 목표(생존하는 회사원)도 나름 달성해 나가고 있었다. 여유를 가지지 않을 이유는 결코 없었다. 그런데 왜 나는 예전만큼 행복하지 않을까? 회사원이 되기 전에는 할 수 없는 일들과 미래에 대한 불안함만 가득했었는데, 당시에는 왜 모든 일이 재밌게만 느껴졌을까? 그리고 회사원이 된 지금, 나는 왜 이렇게까지 스트레스를 받고 있는 것일까? 이 고민은 서울에 도착해서도 쉬이 사라지지 않았다. 그리고 문득 생각했다. 내 꿈이 정말 '회사원'이었나? 정말 '회사원' 세 글자로만 끝나는 삶의 목표를 바라왔던 것인가?

그래, 나의 진정한 꿈은 회사원이 아니었다. 나는 어느 순간부터 잘못 생각하고 있었다. 어릴 적부터 갖고 있던 나의 막연한 꿈은 '많은 사람들에게 영향을 끼치는 것'이었다. 그리고 이와 더불어 나를 포함한 내 주변 사람들이 행복하고 여유 있는 삶을 사는 것이 부차적인 목표였다. 이를 위해 회사원이 되는 것을 첫 번째 목표로 삼았고 그래야만 다음 단계로 나갈 수 있을 거라고 생각했다. 하지만 그 처음이 너무 험난해서인지, 내 기억력이 안 좋아서인지 어느새

'회사원' 자체를 나의 최종 목표인 것으로 착각하고 있었다. 결국 첫 번째 목표를 달성했지만, 회사 생활이 바빠 이제는 두 번째 목표를 고민해야 한다는 생각을 하지 못했다. 당시에는 그저 회사원이라는 목표에 수식어를 주렁주렁 다는 형태로 목표를 수정하는 데에만 약간의 신경을 썼을 뿐이었다. 신입사원 때의 '인정받는 회사원'에서 이후의 '생존하는 회사원'과 같이 말이다.

이는 마치 인생이라는 큰 바다에서 '회사원'이라는 첫 정착지에 도착하는 것에만 너무 집중한 탓에, '삶'이라는 배의 방향을 잡는 것을 놓치는 것과 같다. 사실 첫 번째 정착지에 도착한 직후, 바로 다음 정착지로 방향을 수정하고 최종 목적지를 한 번 더 점검했어야 했다. 하지만 나는 첫 번째 목표 달성 이후 나의 배를 그저 바람 흐르는 대로 움직이게끔 내버려 두기만 했었다. 결코 의도치 않았지만, 삶의 방향 설정을 어느 순간부터 포기한 것과 마찬가지였다. 더 늦기 전에 내 인생의 진정한 목표는 무엇이며 나는 이를 위해 어떤 방향으로 어떻게 나아가야 하는지 진지하게 생각해야만 했다.

진짜 나의 꿈을 찾기로 했다

잠깐 다른 얘기를 해 보자면, 취업준비생 때는 수면 문제로 참 오랜 시간 고민했었다. 자소서 작성이다 공부다 하다 보면 하루는 너무나 짧게만 느껴졌고, 매일 커피를 마시며 깨어있는 시간을 강제로 늘리곤 했다. 그러다가 어느 순간부터는 잠드는 시간을 스스로 조절할 수 없는 지경에 이르렀는데, 운동을 딱히 하지 않아서 그런지 카페인의 영향력을 그대로 받았기 때문이다. 당시에는 밤을 새우고 해가 중천에 떠 있어도 잠이 오지 않아 취업 후에 이 불면증이 문제가 되진 않을까 하는 앞선 걱정도 가득했다. 그러나 취업 후 일주일도 안 되어 이 걱정은 감쪽같이 사라졌다. 아침에는 부족한 잠을 깨우며 지각하지 않기 위해 서둘러 준비를 해야 했고, 퇴근 후에는 하루 종일 시달린 업무 탓에 서둘러 잠들기 바빴기 때문이다. 다만 이후에는 다른 문제가 생기기 시작했다. 점차 자는 게 자는 것이 아니게 되었던 것이다. 대부분의 회사원이 그렇겠지만 나 역시 매일 수면 부족 상태로 하루를 시작해야만 했다. 그 와중에 지각에 대한 스트레스가 심해서 항상 알람 시간보다 10분 일찍 눈이 떠졌을 정도니 수면의 질 또한 좋지 못한 상황이었다. 그렇다고 업무 중간에 잘 수도 없으니 결국 만성적인 피로만 쌓여갔다. 이때는 퇴근하고 집에 돌아오면 어디서든 잠드는 것이 일상이었다. 컴퓨터 앞 의자에서도, 화장실에 앉아서도, 심지어 러닝머신 위에서도 졸았다. 유난히 잠자리에 예민한 사람도 만성 피로 앞에서는 어쩔 수 없듯, 나 또한 무기력해질 수밖에 없었다.

다시 본론으로 돌아와서, 편두통으로 고생했던 휴가를 마치고 돌아온 그날 밤 이상한 꿈을 꾸었다. 꿈속에서 나는 유체이탈 상태로 알 수 없는 공간에서 스스로의 하루를 바라보고 있었다. 내가 바라보고 있는 '나'는 평소처럼 바쁘게 하루를 보내고 돌아와, 저녁을 먹고 얼마 지나지 않아 식탁에 쓰러져 잠들어 버렸다. 그냥 그렇게 별일 없이 하루를 끝내는 것이 꿈의 전부였다. 딱히 특별한 일이 발생한 것은 아니었지만, 내가 하루를 어떻게 보내고 있었는지 제3자의 시선으로 본다는 것 자체가 생경했다. 이와 동시에 고민은 끝없이 이어졌다. 언제부터 '회사원'이 내 유일한 꿈이 된 것일까? 스스로가 너무나 안타까웠다. 내가 세웠던 어릴 적 꿈들은 이제는 기억조차 희미했다. 어떤 방식이든 변화가 절실했다. 하지만 너무 큰 변화는 자칫하면 지금의 나를 망칠 수도 있다는 두려움도 같이 들기 시작했다. 누가 봐도 현재의 삶이 과거보다 안정적이라는 건 사실이었기 때문이다. 대립되는 생각들 사이에서 머릿속은 복잡해져만 갔다. 그리고 계속되는 고민 끝에 나는 내가 지금 진정으로 해야 할 일이 무엇인지 비로소 깨닫게 되었다. 일단은 나 자신을 제3자의 시선에서 최대한 객관적으로 바라보는 일이 필요했다. 이 고민은 결코 단순하게 끝나지 않을 것이 분명하기 때문에 시간을 갖고 천천히 말이다. 종착지는 모르겠지만 시작은 여기부터라는 확신이 들었다.

적절한 퇴사 시기에 대하여

당신에게 있어 파리란 무엇인가요?

영화 <레볼루셔너리 로드(Revolutionary Road)>의 주인공 프랭크(레오나르도 디카프리오)와 에이프릴(케이트 윈슬렛)은 누구보다 성공적인 결혼 생활을 즐기고 있는 멋진 부부다. 안정적인 직장, 아름다운 집, 사랑스러운 아이들까지. 이 정도면 행복의 3대 조건을 전부 갖추었다고 감히 생각해 볼 만하다. 그러나 이 부부는 사실 너무나 불행한 삶을 살고 있다. 프랭크는 본인의 업무와 회사 생활 자체를 혐오하고 있으며, 생계를 위해 억지로 이어나가고 있을 뿐이다. 에이프릴은 어릴 적부터 성공한 여배우가 되기를 꿈꾸었지만, 현실은 동네의 작은 연극 무대에서조차 실수를 거듭하며 혹평을 받고 있다. 하지만 이 둘은 이 상황을 바꿔보려는 시도조차 하지 않았다. 그들의 삶은 겉보기에는 매우 안정적인 삶이었기 때문이다. 하지만 조금만 자세히 들여다보면, 그 안정성이 그들을 좀 먹어가고 있었다.

마음속이 온통 폭풍과 같았던 어느 날, 영화 한 편을 보게 되었다. 영화의 스토리는 지나치게 현실적이어서인지 다소 불쾌하게 느껴지기까지 했다. 오죽하면 중간에 몇 번씩이나 영화를 꺼버리고 싶을 정도였다. 하지만 영화 속 주인공들의 상황이 너무나 나와 비슷하게 느껴져 차마 정지 버튼을 누를 수 없었고, 점점 집중해서 보게 되었다. 나 또한 이 영화의 주인공들처럼 늘 안정성을 주된 삶의 목표로 삼았다. 그리고 우여곡절 끝에 드디어 회사원이 되어 돈을 제대로 벌기 시작하면서 그토록 바라던 목표를 이루게 되었다. 그렇게 나의 '마음 식탁'에는 안정성이라는 메뉴가 가득 차려졌고, 매 끼니에 배부르게 먹어도 남는 수준이 되었다. 그렇지만 이외에 다른 음식은 딱히 주어지지 않았기 때문에 주야장천 같은 것만을 먹어야 한다는 문제가 있었다. 아무리 치킨을 좋아하는 사

람도 삼시 세 끼 같은 것만을 먹을 수는 없는 법. 결국
처음의 만족감은 사라졌고, 쓸데없이 배만 불러갔다.
그리고 원치 않는 식사로 인해서인지 정신 또한 점점
피폐해져만 갔다. 마치 안정성이라는 허울 좋은 늪에
파묻혀가고 있는 듯했다.

그러던 프랭크와 에이프릴에게 반전이 일어나기 시작한다.
신혼 시절 반은 농담 삼아 얘기했던 '파리'로의 여행을 실현
시켜보기로 한 것. 다만 그때와 다른 점이 한 가지 있다면 이
번에는 '여행'이 아닌 '이민'을 계획한다는 점이다. 에이프릴
이 슬쩍 불 지핀 새로운 가능성은 그들에게 뜻밖의 활력을
가져다주게 되었다. 서로를 힐난하고 스스로를 혐오하던 우
울과 절망만이 가득하던 둘의 모습은 어느새 사라졌고, 사
랑과 희망만이 가득했던 연인 시절의 모습을 되찾게 되었다.
'안정성'이 아닌 '가능성'이라는 새로운 곳을 바라던 행복했
던 그때로 다시금 그들의 삶을 돌이킬 수 있었던 것이다.

입사 전엔 매일이 불안했고 돈도 상당히 부족했지만,
결코 지금 같은 느낌은 없었다. 지갑에는 돈보다 값

진 스스로에 대한 희망을 두둑하게 챙겨 다녔고, 아직 나에게 기회가 찾아오지 않았을 뿐 무슨 일이든 할 수 있다는 자신감이 있었다. 그리고 이런 자신감 덕분인지 결국 취업에도 성공할 수 있었다. 하지만 이후 풍족해진 지갑 사정과는 반대로 나의 정신은 궁핍해져만 갔다. 그리고 어느 순간부터는 무엇인가 잘못되고 있다는 위화감까지 들기 시작했다. 나에게 있어 '회사'는 결코 '파리'와 같은 존재가 아니었기 때문이다. 오히려 회사 생활을 거듭할수록 가능성은 사라져가고 있었고, 평범한 매일이 시련같이 느껴졌다. 심리학자 알프레도 아들러는 "특별할 것 없는 하루하루가 그야말로 진정한 시련이다."라고 말했는데, 내가 바로 이 상태였다. 절실하게 반전이 필요했다. 하지만 아무리 고민해도 해결책은 떠오르지 않았다. 권태, 걱정, 불안, 망설임과 같은 고민들이 머릿속을 있는 대로 휘저어 놓고 있었다. 스스로가 비참하게만 느껴졌다. 그리고 유달리 심한 두통이 느껴져 두통약을 3알이나 먹었던 어느 날, 이래선 절대 끝이 없을 거라는 생각이 들었다. 그리고 바로 그때, '퇴사'라는 새로운 가능성이 머릿속에 떠오르기 시작했다.

놀랍게도 그때부터 두통이 가라앉으면서 머릿속에 꼬여있던 모든 것들이 풀려가기 시작했다. 나에게 있어 '파리'는 '퇴사'였던 것이다. 그리고 이전에는 생각지도 못한 하고 싶은 일들이 떠오르기 시작했다. 마치 파리로 여행을 떠나기 전 에펠탑, 루브르 박물관, 몽마르트르 언덕, 그리고 베르사유 궁전이 연이어 생각나는 것처럼 말이다. 잠을 좀 더 자는 것 외에는 하고 싶은 일이 없던 나의 삶에 다양한 희망들이 찾아오기 시작했다. 나의 꿈은 삶의 과정에서, 내 마음속 한 곳에서 언젠가 내가 살펴보기만을 차분하게 기다리고 있었다. 미처 잊어버렸던 것들, 불씨가 꺼져있는 가능성들 또한 그곳에 여전히 존재하고 있었다.

나라고 왜 퇴사가 두렵지 않으랴. 취업한 것을 자랑스럽게 여기시던 부모님의 모습, 이제 증손자를 보고 싶으시다는 할머니의 진심 섞인 농담, 가끔은 친구들에게 술도 살 수 있는 금전적 여유. 이 모든 것이 일

순간 사라지게 된다. 하지만 이러한 것들이 스스로를 망쳐가는 것에 대한 합당한 보상이 될 수 있을까? 내가 불행해지는 것을 진정 그들이 원할까? 아니, 오히려 시련을 겪더라도 결국엔 행복해지는 모습을 바랄 것이다. 하지만 이와 동시에 내 결정이 정답이 아닐 수도 있다는 생각은 결코 버리지 않았다. 다만 나는 법륜 스님의 말씀인 "인생에는 정답이 없고, 선택에 따른 책임만 있을 뿐이다."를 삶에서 따르고자 할 뿐이었다. 내가 택한 정답을 위해 행동하고, 이에 책임을 다하는 것 말이다.

어릴 적 부모님에게 들었던 말씀처럼 음식은 골고루 먹어야만 한다. 그리고 이는 마음 식탁에서도 마찬가지로 적용되는 이치이다. 안정성을 먹었다면 가능성도 한입, 그러고 나서는 불안감도 한입씩 먹어나간다면 정신이 건강해질 수 있다. 어쩌면 어릴 적 우리가 그렇게 별것도 아닌 일에도 행복해했던 이유는 마음 식탁에 차린 많은 음식을 골고루 먹었기 때문이 아닐까? 회사 생활에 길들어 안정성을 제외한 다른 것들

은 생각조차 하지 않았던 것과 상반되게 말이다. 뒤늦게나마 문제점을 알아차린 나는 내 마음 식탁에 이제라도 다양한 음식들을 차려보기로 결심했다. 이제 중요한 것은 언제 음식을 차리기 시작할지, 어떤 음식을 차리면 좋을지와 같은 것이었다.

스스로에 대해 생각하다

우선은 스스로에 대한 생각을 시작했다. 현재 나의 상태를 제대로 파악해야만 비로소 다음 단계로 진행이 가능하기 때문이다. 여태껏 피로를 핑계로 모든 생각을 귀찮게만 여겨왔기에 이런 행위 자체가 어색하긴 했어도 더 이상 지체할 수는 없었다.

① 비겁한 '짜증꾼'

'-꾼'이라는 접미사는 어떤 일, 어떤 분야에 능숙한 사람을 뜻한다. 나는 말 그대로 짜증 내는 것에 능숙한 사람이었다. 회사에서 발생한 스트레스를 핑계로 매번 '짜증꾼'이 되었고, 이를 비겁한 방식으로 해결

했었다. 퇴근 후 집에 돌아오면 온 기운이 빠져버린 상태였고, 이렇게 시체처럼 앉아있는 모습은 어머니의 걱정을 사기 일쑤였다. 하지만 이런 나를 걱정하는 마음에 대화를 시도하는 어머니에게 나는 매번 짜증을 내며 화풀이하곤 했다. 그저 아무 생각 없이 쉬는 것 외에는 모든 것이 짜증나는 상황이었다는 것이 그 이유라지만, 절대 그래서는 안 되는 일이었다. 나를 걱정해 주는 어머니의 진심을 알아주기보다는 나의 정신 상태만이 우선이었던 시기였다. 이런 비겁한 이기심 덕분에 모자간의 대화는 점차 사라져갔다.

② '비만길'에 들어서다

회사 생활을 하면서 과도한 업무 스트레스로 인해 자주 두통으로 고통받았고, 그때마다 습관적으로 두통약을 먹는 무모한 짓으로 이를 해결하려 했다. 하지만 일시적으로 통증만 줄이는 미봉책이었을 뿐, 근본적인 문제들은 여전히 존재했다. 그리고 이러한 스트레스가 유달리 심각하게 느껴질 때는 두통약으로도 해결되지 않아 폭식이나 과음하는 방법을 선택했었다. 특히 이때 배달 음식을 많이 시켜 먹었는데, 많을 때는 한 달에 20번 가까이 시켰던 적도 있었다. 배달 음식에 곁들여 마셨던 술들은 말할 것도 없다. 이런 식으로 계속 먹다간 금세 비만이 될 거라는 걱정이 들었지만, 음식이 주는 행복감을 결코 포기할 수 없었다. 결국 비만을 앞두고 있는 몸무게가 되었을 때도 나의 몸은 냉장고 속 맥주캔 앞에 있었고, 나의 손은 오늘은 어디서 치킨을 시켜 먹을지 고르고 있었다. 이렇게 나는 스스로 '비만길'로 걸어가고 있었다.

③ 나를 생각하지 않는 '나'

사실 앞에서 언급한 것들보다 더 중요한 문제는 스스로에 대한 성찰이 없다는 것이었다. 앞으로 진정 무엇을 하고 싶은지, 그러기 위해 지금 무엇을 해야 하는지와 같은 생각은 전혀 하지 않았다. 그저 당장의 주어진 일들을 해결하는 데 집중했을 뿐이다. 이렇게 시간을 보내다 보면 매일이 똑같이 느껴졌고, 그만큼 시간은 빠르게만 흘러갔다. 인생에 대한 목표를 세워 단계별 성장을 추구했던 시절의 나는 희미해졌고, 어떻게든 일을 적당히 끝내는 데 급급한 나만이 남아있었다. 그리고 스스로를 돌아보는 과정을 통해 나의 안팎에 심각한 문제들이 산재해 있다는 것을 깨달을 수 있었다. 반드시 이를 해결하고, 그다음 단계를 시작해야 했다. 아니, 그전에 구렁텅이로 더 이상 빠져들어가는 것을 멈추고 원래의 자리로 돌아와야만 했다.

/ 그리고 생각을 재편하다 /

①-1 개과천선한 '짜증꾼'

누군가에게 짜증을 내며 화풀이하는 행동 자체와 이 대상이 가족이라는 것 모두 도덕적으로 올바른 일이 아니라는 것은 당연히 잘 알고 있었다. 이 생각을 한 그날부터 더 이상 잘못된 행동을 되풀이하지 않기로 결심했다. 우선 내가 가장 많은 시간을 보내는 컴퓨터 앞을 비롯한 내 방 곳곳에 포스트잇을 붙였다. '가족은 나의 화풀이 대상이 아니다. 누구에게든 절대 이유 없는 짜증을 내지 말자'라는 문구가 쓰인 포스트잇을 수시로 바라보며 스스로의 다짐을 되새겼다.

그리고 어머니에게는 내가 먼저 살갑게 대화를 걸기 시작했다. 이러한 노력을 통해 전보다는 많은 대화를 이어나갈 수 있었고, 이후에는 퇴근 후에 힘들어도 어머니의 마음을 상하지 않게 대화할 수 있게 되었다. 이러한 방법들과 더불어 마음의 여유를 찾으려 노력하다 보니, 누군가에게 화풀이식의 짜증을 내는 행동은 현격히 줄어들었다.

②–1 '비만길'을 벗어나다

한때는 운동을 위한 준비 과정에서 받는 스트레스가 너무 많아, 차라리 운동을 아예 안 해서 스트레스를 더 늘리지 않으려 했었다. 하지만 폭식과 과음으로 이를 풀다 보니 비만길을 걷기 시작했고, 이런 변화는 나에게 더 큰 스트레스를 주기 시작했다. 이를 타파하기 위해서는 행동과 멈춤이 동시에 필요했다. 우선은 일상생활 속 걷기 운동부터 시작했는데, 퇴근 후 일부러 세 정거장 전에 내려 집까지 걸어갔다. 가끔 체력이 뒷받침될 때면 헬스장에서 추가적으로 운동을 하기도 했다. 그리고 폭식과 과음을 멈추었다.

배달 음식 주문하는 빈도를 일주일에 3번, 2번, 1번으로 차츰 줄여나갔고, 점심과 저녁 중 한 끼는 반드시 가볍게 먹으려 노력했다. 그리고 이런 노력 끝에 비만길을 간신히 벗어나기 시작했다.

③-1 '나'를 생각하다

퇴사라는 단어를 머릿속에 떠올리기 시작했지만 무작정 이를 저지를 수는 없었다. 우선은 퇴사 이후에 무엇을 할지 생각해야만 했다. 이 과정은 스스로에 대한 생각을 자연스럽게 시작할 수 있었고, 무엇인가 새로운 가능성이 떠오르고 있다는 것 자체가 나에게 새로운 활력을 가져다주었다. 하지만 이때는 내가 정확히 무엇을 하고 싶은지, 앞으로의 계획은 무엇인지 모호한 상황이었다. 그저 하고 싶은 다양한 일들이 머릿속에 비눗방울처럼 떠오르고 있을 뿐이었다. 생각의 우선순위를 정하고 구체적으로 정리해야 했다. 그리고 이 시작은 내가 다니고 있는 '회사'부터였다.

회사에 대해 생각하다

회사에서는 여전히 이해할 수 없는 일들이 일상처럼 매일매일 일어나고 있었다. 하지만 이런 일들을 별생각 없이 넘기기보다는 좀 더 자세히 생각해 보기 시작했다. 나는 보통 회사에서 문제가 발생할 때면, 이 일을 발생하게 만든 회사와 업무를 잘 처리하지 못한 나를 동시에 원망하곤 했다. 회사는 왜 이렇게 많은 업무를 나에게 주어서 실수가 발생할 수밖에 없는 상황을 만드는지, 그리고 그런 상황이라 할지라도 나는 왜 일을 깔끔하게 해결하지 못하는지를 동시에 말이다. 이런 와중에 책임을 져야 하는 일들은 늘어만 갔고, 원망과 책임감이 번갈아 가며 나를 괴롭히고 있었다. 끊임없이 스트레스를 받는 일상이었다.

하지만 이제부터 생각을 달리하기로 결심했다. 회사에서는 그 사람에 대한 기대치만큼 업무를 부여하기 마련이다. 그리고 이 과정에서 당연히 실수가 발생할 수 있다. 그러나 내가 이를 어떻게 대처하느냐에 따

Part 2. 회사가 싫은 건지, 내가 싫은 건지 모르겠어요

라 이후의 방향은 달라진다. 누군가는 원망으로 이를 끝낼 수도 있고, 또 다른 누군가는 이를 반면교사 삼아 성장의 발판으로 생각할 수도 있다. 사실 이러한 측면에서 보면 실수 자체가 하나의 성장 기회였다고 생각하는 것도 무리는 아닐 것이다. 물론 나의 실수를 성장의 발판으로 받아들이기까지 쉽지 않았지만, 일단 이렇게 생각을 바꾸자 마음이 조금 편해졌고, 느리지만 조금씩 스스로에 대한 원망에서 가벼워질 수 있었다.

회사가 담당자에게 과중한 업무를 주는 것은 국적 불문 대다수의 회사에서 빈번하게 일어나고 있다. 그리고 업무 과정에서 일어나는 실수는 담당자가 경력자든 신입자든 차별 없이 일어난다. 그렇기 때문에 실수에 대한 개인의 생각은 긍정적으로 바뀌었지만, 이를 미연에 막을 수 있는 회사 시스템에 대한 아쉬움은 여전히 존재했다. 개인의 노력과는 달리 문제가 반복된다는 것은 분명히 이 부분에 문제가 있다는 뜻이었다. 물론 내 생각이 옳지 않을 가능성도 분명히 있었다. 그래서 나는 회사에 대한 평가는 조금 더 시간을 갖고 분석적으로 진행해 봐야겠다는 결론을 내렸다.

그래 결심했어, 5개월 후 퇴사하기로

이러한 생각들을 끝으로 나는 '5개월'의 시간을 더 가져보기로 결심했다. 5개월 정도면 퇴사에 대한 나의 생각, 이후 벌어질 나의 상황에 대해서 충분히 고민하고 정리할 수 있다고 생각했기 때문이다. 또한, 3년의 경력을 정확히 채우는 달이 딱 5개월 후였고, 이때가 30살을 마무리하기 직전의 시점이기도 했다. 스스로에게 터닝포인트가 될 수도 있는 중요한 결정을 30살이 되기 전에 끝내기로 마음먹었고, 어떻게 결론을 내든 나의 결정을 믿기로 했다.

여기까지 생각을 한 후, 본격적으로 퇴사가 올바른 길인지 확인하기 위해 제반 사항들에 대한 분석을 시작했다. 나의 '회사관'을 점검하는 시간을 가졌고, 정리된 생각을 수시로 점검하는 과정을 거쳤다. 그리고 이러한 과정을 통해 나의 생각을 수정·보완해 나갔고, 이를 통해 후회 없는 선택을 할 수 있었다. 다음 장에서는 내가 후회 없는 선택을 하기 위해 실제 5개월간의 퇴사 점검 과정이 어떻게 이루어졌는지 누구나 활용할 수 있는 방법을 통해 설명해 보도록 하겠다.

회사원 말고,
퇴사원은 처음이라

회사가 싫은 건지, 내가 싫은 건지

퇴사를 결정하고 이를 실행하는 과정에서 무엇보다 경계해야 하는 것이 있으니, 바로 '홧김에'라는 감정이다. 때로 이는 '직감적 통찰력'으로 해석되기도, '용감한 행동'으로 포장되기도 한다. 하지만 전자는 한 회사의 임원급이 되어서도 조심스럽게 활용할법한 능력이며, 후자는 만용과 구분하기 어려워 위험천만하다. 정리하자면 우리가 홧김에 저지르는 건 그저 치킨 한 마리 정도면 족하다. 사회 경험이 많은 사람일수록 거취를 결정하는 일에 더욱 신중을 기한다는 것은 주변에서 쉽게 볼 수 있는 모습이다. 하지만 한편으로는 사회초년생 시절에는 이런 마음이 드는 것이 이해되기도 한다. 때로 정말 '홧김에'가 치밀어 오를 때가 있기 때문이다. 바로 아래와 같은 상황에서 말이다.

유난히 하루가 평온하게만 느껴지던 어느 날. 아침부터 저기압이던 팀장님이 오후 회의를 마치고 돌아오셨다. 팀원들은 서로의 눈치를 보기 시작했고, 모니터를 노려보는 팀장님의 눈빛은 차가웠다. 그리고 곧이어 나를 호출하셨다. 문득 불안감이 엄습해 왔다.

'회의 전에 올린 보고서를 벌써 읽으신 것일까? 아냐, 아직 시간이 너무 이른데?'

팀장님 자리 옆으로 조심스럽게 발걸음을 옮겼다. 이런, 불길한 예상은 항상 잘 들어맞는다. 보고서 내용에 대한 질책이 시작되었다. 팀장님의 한 마디 한 마디가 폐부를 찌르는 듯하다. 하지만 팀장님 말씀 중 중간에 걸리는 부분이 있다. 업무상 질책이 아닌 성격에 대한 질책은 좀 아니지 않나? 너무나 억울하다. 하지만 함부로 이런 말을 했다간 일이 더 커질것이 분명하다. 그래도 매번 질책이 엉뚱한 방향으로 흐르는것은 바람직하지 않은 것 같다. 한두 번도 아니고 말이다. 이제는 퇴사를 고민해야 할 시점이 분명하다. 아니, 생각한 김에 그냥 지금 지를까? 지금!?

"저… 팀장님!"

"왜 철홍 씨는 내가 말하고 있는데 끊지?"

"아니… 죄송합니다…. 화장실 좀 다녀오겠습니다."

잰걸음으로 문을 나서 바로 화장실로 향했다. 뛰어나오는 나를 향한 팀원들의 안쓰러운 눈빛들이 느껴졌다. 바로 화장실 구석 칸으로 들어가서 걸려있는 휴지를 잔뜩 뜯었다. 혼자 있게 되자 눈물이 가득 차올랐다. 원인 모를 억울함이 가슴속에 가득 차올라서인지 눈물은 끊임없이 흘러내렸다. 크게 소리 내어서 울고 싶었지만, 하필이면 옆 칸에 내가 가장 무서워하는 선배님이 통화하면서 일을 보고 있다. 소리를 내긴커녕, 우는 것도 들키지 않도록 조심해야 했다. 양손에 가득 든 휴지로 눈과 입을 억지로 막았다. 그렇게 한참의 시간이 흐른 후, 옆 칸 선배님도 화장실에서 나갔고 나도 조금 진정이 되었다. 양손에 가득 든 휴지를 변기에 버리고 물을 내렸다. 이상하다. 물이 내려가지 않는다. 아, 젠장. 변기

Part 3. 회사원 멈추고, 퇴사원은 처음이라

가 막혔다. 나는 정말 제대로 하는 게 하나도 없다.

내가 실제로 신입사원 시절에 겪은 '홧김에' 감정이다. 홧김에 팀장님 말을 끊기는 했지만 다행히 퇴사라는 단어를 말하지 않았다. 사실 한두 번도 아니고 매번 업무상의 질책이 아닌 내 성격에 대한 질책을 받는다면 퇴사를 해도 괜찮다 생각할 수도 있다. 하지만 이 경우에도 퇴사를 결정하기엔 아직 이른 상황이다. 만약 이때 바로 퇴사를 결정했다면 본인이 받은 지적을 견디지 못해 모든 것을 포기하고 퇴사한 사람이 될 뿐이다. 어쨌든 질책의 방향이 잘못되었지만, 해결을 위한 시도는 아직 남아 있기 때문이다.

사회생활을 하면서 어른이 된다는 것은 본인이 하는 일에 온전히 책임을 져야 한다는 것을 뜻한다. 퇴사도 마찬가지다. 퇴사에 대한 책임을 질 준비가 되지 않았다는 생각이 든다면 일단 짧든 길든 시간을 가져야만 한다. 퇴사에 대한 진지한 고민을 시작할 때 우선 점검해 봐야 할 것은 바로 본인의 '회사관'이다.

이는 본인이 다니려 하는 회사를 결정할 때 중요시하
는 것을 스스로 체크해 보는 것으로 한 번 정도 잘 정
리해 놓으면 지금뿐 아니라 추후에도 계속해서 활용
할 수 있다.

(D-5개월) 5가지 기준으로 돌아보는 나의 회사관

여기서 설명할 기준은 절대적인 것이 아니며 개인 상
황에 따라 해당 기준을 수정해서 활용해도 무방하다.
다만 특수한 상황이 아니라면 아래에서 설명하는 기
준 5가지를 그대로 활용해 본인의 회사관을 검토해
보는 것을 추천한다. 다수 회사원들의 의견을 참고
해 최대한 객관적으로 만들었으니 분명 도움이 될 것
이다. 각각의 기준에서 본인의 현재 만족도를 고민해
보고, 이를 구체적으로 표시해 보자. 여기서는 체크
를 하는 방식이지만 형식을 떠나 만족/불만족 등 어
떤 방식으로 표시해도 상관없다. 평가를 마친 이후
모든 기준의 만족도를 모아보며 본인이 중요시하는
가치가 무엇인지 인지하기만 하면 된다.

그리고 이때 본인의 회사가 만족에 가까운 결과를 보여주고 있다면 홧김에 퇴사를 결정해서는 안 된다. 당장의 감정 상태와는 달리 꽤나 괜찮은 곳에 다니고 있을 수도 있기 때문이다. 이때는 우선 본인의 생각을 검토하고, 타인의 조언을 구하는 것이 좋다. 반대로 불만족에 가까운 결과를 보여주는 경우도 존재할 것이다. 하지만 이때도 절대 바로 퇴사를 결정해서는 안 된다. 회사관 점검은 오직 퇴사 점검을 위한 수많은 과정 중 1차 관문이기 때문이다. 이때는 이후에 설명할 여러 과정을 참고해 추가적인 관문들을 거쳐 나가는 것을 추천한다.

① 급여

지금 내가 받고 있는 급여에 만족한다 □

회사 생활을 하면서 급여에 구애받지 않고 자유로운 사람은 몇이나 될까? 같은 일을 하고 있는데 나와 저 사람의 급여 차이가 나는 것에 괜찮은 사람은 아마 없을 것이다. 다시 말해 급여 항목에 대한 만족도는 보통 실제 급여 수준과 비례한다. 다만 한 가지 참고할 연구 결과가 있다. 급여의 상승과 행복도의 상승을 비교한 연구 사례인데, 일정 수준까지는 위에서 언급한 것과 결과가 같다. 하지만 일정 급여 수준 이상부터는 이 행복도가 급격히 떨어지기 시작한다. 돈으로 온전히 채울 수 없는 삶의 구멍이 생기는 시점이 바로 이 시기인 것이다. 어쨌든 급여 만족도에 대한 개인별 차이는 분명 존재하겠지만, 현재 내가 받는 월급이 나의 업무 강도, 업무 환경 등을 고려해 봤을 때 적절한 수준인지 생각해 보자.

추가적으로 본인 현재의 삶을 유지하기 위해 발생하는 비용과 미래의 삶을 위해 필요한 비용을 미리 정리해 두면 만족도를 평가하기에 더욱 편리하다. 그리고 같은 급여를 받고 있는 사람들이라 할지라도 만족도에서 차이를 보일 수 있다. 예를 들어 현재 월급이 200만 원인 A와 B의 경우를 생각해 보자. A는 현재의 삶을 유지하기 위해 매달 50만 원이 필요하고, 미래의 삶을 위해 150만 원씩 저축하고 있다. 반대로 B는 타지에서 이사를 왔고, 최근에 무리해서 차까지 구매했다. B는 현재의 삶을 유지하기 위해 매달 150만 원이 필요하고, 미래의 삶을 위해 50만 원만 저축할 수 있다. 이 경우 두 사람은 같은 급여를 받고 있음에도 급여에 대한 만족도에서 큰 차이를 보일 수밖에 없다. A는 지금의 월급으로 현재의 삶도 유지가되고 미래의 삶도 준비가 가능하지만, B는 그렇지 않기 때문이다.

위의 예시처럼 나의 재정 상황과 소비 패턴을 알아보면서 급여 만족도를 파악하는 방법을 활용해 분석을 시작해 보자. 3개월 정도의 평균 수입 및 지출 내역을 함께 비교해 보면 어렵지 않게 결론을 내릴 수 있다.

② 사람(소속감)

내가 다니고 있는 회사에는 나와 사이가 안 좋은 동료들보다 좋은 동료들이 많다 □

'사바사'라는 말을 들어본 적이 있는가? 케바케(case by case)라는 축약어에서 파생된 이 말은 똑같은 일도 어떤 이와 하느냐에 따라 모든 것이 달라질 수 있다는 것을 뜻하는 신조어이다. 그리고 회사에서는 회바회(회사 by 회사)나 팀바팀(team by team)과 같이 이를 한 단계 더 발전시키기도 한다. 이러한 신조어에서 우리는 하나의 교훈을 얻을 수 있는데, 바로 '사람'이라는 요소가 회사관을 평가하는 데 중요한 가치 중 하나라는 것이다.

'사람'이라는 요소에 대한 만족도에 개인차는 있겠지만, 꽤나 다수의 사람에게 중요하게 작용하고 있다. 인간은 사회적 동물로 소속감을 유달리 중요시하는 경향이 있고, 사람들과의 관계에서 이 욕구를 충족시킬 수 있기 때문이다. 즉, 회사에서 만나는 사람들이 좋다면 해당 조직에 소속감을 느낄 것이고, 이는 곧 행복과 직결될 가능성이 높다. 이처럼 사람과 관련된 만족감이 충족된 회사를 다닌다면 다른 요소들이 만족스럽지 않더라도 이를 감수할 수도 있다. 반대로 다른 요소들은 모두 만족스럽더라도 사람 때문에 그만두고 싶어할 수도 있다. 하지만 이때 염두에 두어야 하는 것은 잠깐 본인과 마찰을 빚고 있는 사람 때문에 이 항목에 만족도를 낮게 평가하지 말고, 다른 동료들을 통해 얻었던 만족도를 함께 고려해 보아야 한다는 것이다.

✳ TIP

이 과정이 다소 복잡하게 느껴진다면 '거리'를 기준으로 만족도를 평가해 보는 것을 추천한다. 이는 물리적 거리가 가까운 사람, 업무상 빈번하게 접촉하는 사람, 본인에게 중요도가 높은 사람 등은 가중치를 두고 평가하는 것을 뜻한다. 또한, 가급적 여러 사람과의 관계를 참고해 평가하는 것을 추천한다. 이러한 팁을 염두에 둬서 평가를 진행한다면 객관적인 결과를 얻을 수 있을 것이다.

③ 개인의 목표

회사원으로서 현재 생활하는 것은 내 꿈을 이루는 데 도움이 된다 □

'개인의 목표'는 내가 5가지 중 가장 중요시 삼았던 기준이다(이처럼 본인이 가장 중요시하는 기준은 만족도 평가 시 가중치를 부여하는 것을 추천한다). 개인의 목표는 본인 삶의 절정 그리고 종착점에 이르렀을 때 이상적인 본인의 모습을 뜻한다. 그리고 이를 위해서는 삶의 과정에서 '세부 목표'를 설정하면 좋은데, 이

부분에서 현재의 상태가 내 목표(꿈)를 이루는 데 도움이 되는지 확인하는 것이 중요하다. 또한, 기억해야 할 것은 하나의 과정으로써 '회사원'을 목표로 세울 순 있지만, 최종적인 목표가 '회사원'이 될 수는 없다는 점이다. 본인의 가치를 온전히 담은 목표를 진지하게 고민해 본 후 점검에 나서야 한다.

하지만 이는 생각보다 놓치기 쉬운 부분이다. 대부분의 20대는 일단 취업하는 게 가장 중요하기 때문에, 회사원이 되는 것이 나의 궁극적인 목표인 것처럼 착각하기 쉽다. 만약 내가 20대 취업준비생 시절로 돌아갈 수 있다면, 인생의 목표를 회사원이라 착각하지 말고, 이를 위한 각 단계의 과정과 회사원이 된 후의 나의 모습에 대한 구체적인 목표를 세우라고 알려주고 싶다. 나의 경우 '회사원'을 지상 목표로 삼았었던 것 외에는 별생각이 없었기 때문에, 취업을 위해 요구되는 스펙 쌓는 일은 너무나 가혹했지만 어찌어찌 견뎌낼 수 있었다. 하지만 진짜 문제는 그 이후에 찾아왔다. 원래의 목표 자체가 너무나 단순했기 때문에 목표 달성 이후에는 피할 수 없는 공허함이 찾아왔고, 회사 업무로 눈코 뜰 새 없이 바쁘게만 살다 보니 그지 '일을 잘하는' 회사원과 같은 수식어를 붙여 목표를 수정하는 것이 최선이었다. 결국 나의 목표에 대한 진지한 성찰은 없었고, 회사는 개인의 목표를 채워나가기 힘든 곳이라는 결론을 내릴 수밖에 없었다.

위에서 언급했듯이 현재의 회사 생활이 내 목표(꿈)를 이루기 위한 하나의 과정일 수도 있기 때문에 현재의 회사 생활을 부정적으로만 볼 필요는 없다. 또한, 필자와는 달리 회사원이 되고 나서 뒤늦게나마 올바른 목표 설정을 마무리하는 경우도 존재할 수 있다. 이 글을 읽는 분들은 부디 이와 같은 우(愚)를 범하지 않기를 바란다. 개인의 목표를 다층적으로 다시 생각해 보고, 이를 추구해 나가는 방향에서 회사가 나에게 어떤 영향을 끼치고 있는지 생각해 보자.

몇 년 전부터 주변 지인들에게 자주 얘기하고 있는 미래에 대한 예언(?) 같은 것이 있다. '우리는 우리가

스스로의 수명을 결정하는 최초의 세대가 될 것이다'
가 바로 이것이다. 우리 세대부터는 늘어난 평균 수
명에 따른 노후 생활을 고려해야 하고, 개인은 인생
목표를 더 뚜렷이 가져야만 한다. 한 가지 목표만 갖
고 가기에는 인생이 너무나 길고, 평범한 목표만 갖
고 살기에는 너무나 허무한 인생이다.

④ 신체적·정신적 건강

현재 나는 신체적·정신적으로 건강한 상태다 □

젊을수록 가볍게 여기기 쉽지만, 사실 이것보다 중요
한 건 없다. 급여, 사람, 목표 등 내가 원하는 요소가
모두 충족되는 회사라 할지라도 나의 건강에 문제가
발생했다면 다 무슨 소용이겠는가. 건강은 한 번 문

제가 생기면 다시 원래의 건강으로 돌아오기 어렵다. 그렇기 때문에 회사관을 점검하는 과정에서 '건강'이라는 요소는 가장 기본적이면서 또 가장 중요하다.

신체적 건강 점검 방법은 비교적 간단하다. 거울을 보고 본인의 모습을 유심히 살펴보자. 피곤함에 쩌들어 사람 몰골이 아닌 나의 모습, 혹은 지나친 회식과 야식들로 인해 불어있는 나의 모습을 볼 수 있을 것이다. 매일 최소 한 번씩은 본인의 모습을 거울을 통해 유심히 바라보며 스스로의 상태에 대해 판단해 보는 것을 추천한다.

다음으로 정신적 건강은 앞에서 언급한 여러 사례나 회사에 다니면서 발현한 특이 행동들을 살펴보며 판단할 수 있다. 예를 들어 '전화 공포증'(Call Phobia)을 들 수 있다. 이는 주로 전화 업무가 많은 회사원에게 나타나며 전화가 걸려 오는 것 자체에 심각한 공포와 스트레스를 느끼게 되는 증상을 뜻한다. 또한, 이 증상은 전화뿐만 아니라 문자·카톡 등의 공포증으로 발현되기도 한다. 혹시 본인이 현재 이러한 상태라면 당장 해결 방안을 찾아야 한다.

건강은 다른 요소들과 상충되는 경우 자주 무시되곤 하는 요소이다. 최상의 급여를 받기 위해서, 빠르게 승진을 하기 위해서 등 건강을 포기해 가며 회사를 위해서 본인을 헌신하는 경우는 어렵지 않게 찾아볼 수 있다. 하지만 건강을 잃어가면서까지 얻을 만한 목표는 결코 없다는 것을 분명히 인지하고 있어야 한다. 건강을 해쳐서 어떤 일을 추구하기보다는 건강을 지키고 보강하면서 어떤 일을 추구해 나가야 한다. 우리는 운동과 건강한 식사를 통해 신체적 건강을, 양질의 수면, 휴식, 그리고 명상 등의 방법을 통해 정신적 건강을 지켜나갈 수 있다. 본인의 현재 상태를 면밀히 살펴본 후 해당 항목에 대한 만족도를 평가해 보자.

⑤ 사회적 위상

현재 다니고 있는 회사가 주는 사회적 위상에 만족한다 □

사회적 위상은 회사에서 본인의 입지(직책, 직급 등과 관련), 기업의 네임밸류나 규모, 급여나 복지 수준 등의 요소에 따라 만족도가 결정된다. 이는 본인이 어떤 회사에서 어떤 일을 하고 있느냐에 따라 천차만별로 차이가 나기 마련이다. 또한, 개인이 만족하고 있다 할지라도 타인에 의해 상대적 만족도가 언제든 저하될 수 있는 요소이기도 하다. 다소 세속적으로 느껴질 수도 있지만, 이를 중요시하는 사람들은 분명히 많다. 예를 들어, 부모님이나 지인들에게 본인의 회사·직책에 대해 설명할 때 큰 자신감을 갖고 있다면 이 항목에 대해 만족도가 높은 경우라 할 수 있다.

'2번 사람' 항목에서 꺼냈던 얘기를 다시 말하자면, 인간은 사회적 동물이기 때문에 타인의 시선에 영향을 받을 수밖에 없고, 한국인은 특히 더 이런 경향이 짙다. 따라서 이 항목을 세속적이라고 보기보다는 오히려 자연스러운 일이라고 생각하는 것을 권유한다. 어차피 누군가에게 보여주기 위해서 회사관을 점검하는 것이 아니기 때문에, 누구보다 솔직하게 만족도를 평가해 보자.

—

위와 같이 5가지 기준을 활용해 회사관 평가를 할 때 명심해야 할 것이 두 가지 있다. 첫 번째는 절대 한 번에 모든 판단을 마무리하지 않는 것이다. 지금 당장은 퇴사를 고민하고 있기 때문에 머릿속 생각의 공간이 여유가 없는 상태에서 평가를 진행했을 가능성이 높다. 이런 경우 좀 더 정확한 평가를 위해서 일정 시간을 두고 반복해서 진행할 것을 권한다. 그렇지 않으면 본인의 생각이 이미 퇴사 쪽으로 기울어져서 객관적인 평가를 할 수 없을 수도 있기 때문이다. 또한, 반대로 당장 퇴사 생각이 없다 하더라도 정기적으로 회사관에 대한 평가를 진행하는 것이 좋다.

퇴사가 임박한 시점보다 상대적으로 여유 있는 시기에 회사관 평가를 진행한다면 조금 더 객관적인 평가가 가능할 것이기 때문이다. 두 번째는 모든 평가는 본인이 스스로 진행해야 한다는 것이다. 특정 항목들의 경우 타인의 영향도가 평가에 크게 좌우될 수 있고, 타인에게 본인의 고민을 상담하는 과정에서 그들의 평가가 본인이 내린 평가인 것처럼 그대로 받아들이게 될 수도 있다. 결국 모든 판단은 본인이 고민하고 결정한 뒤 내려야 하며, 이에 따른 책임 또한 본인이 져야 한다는 것을 명심해야 한다.

이렇게 각 기준에 대한 만족도 평가를 거친 후, 결과를 한곳에 모아놓고 종합적으로 살펴보자. 불만족하는 항목이 더 많은 경우 일시적인 감정은 아닌지, 혹시 쉽게 해결될 수 있는 문제는 아닐지 다시금 생각해 보면 된다. 참고로 필자의 경우 퇴사를 처음 고민할 시점에 만족하는 항목이 1개였으나 이후 검증 과정을 거치며 수시로 변동되었다. 그리고 이 평가를 반복한 끝에 내가 중요시하는 회사관을 바로 알게 되었고, 퇴사에 대해서도 조금 더 확신을 가질 수 있었다. 그리고 이후에 회사를 다시 다니게 된다면 어떤 가치에 중점을 두고 회사를 알아볼지에 대한 것 또한 알 수 있었다.

자, 퇴사를 위한 점검의 시작은 여기부터다. 더 늦기 전에 본인의 회사에 대한 평가와 회사관 점검을 시작해 보자.

(D-4개월) 퇴사원이 되기 위한 전형 과정

회사에 대한 평가를 거친 끝에 회사관 정리가 마무리되었고, 퇴사를 진행하는 쪽으로 마음이 더욱 기운 상태인가? 이제부터는 2차 점검을 시작해야 할 때이다. 우리는 회사원이 되는 데에만 성공했을 뿐, '퇴사원'이 되는 데에는 아직 익숙하지 않은 상태이다. 퇴사할 때 또한 입사할 때처럼 전형 과정을 거치는 것을 추천한다. 이 과정을 거치면서 본인이 축적해온 생각을 다층적으로 점검해 나갈 수 있고, 그 점검을 바탕으로 후회 없는 결정을 내릴 수 있을 것이다. 아래 전형 과정의 순서는 본인의 생각을 점층적으로 확고히 해 나가기 용이한 순서로 작성되었기 때문에 가급적 해당 순서를 따르는 것을 추천한다.

① 친구

1단계는 친구(지인)를 통해 이루어지는 과정이다. 중요하게 할 이야기가 있음을 밝힌 후, 본인의 현재 상황과 생각을 털어놓고 친구의 의견을 들어보자. 이 과정을 통해 본인의 현재 상황에 대한 설명을 축약해서 설명하는 것(앞으로 수시로 설명해야 함)에 익숙해질 수 있고, 이를 통해 다시금 생각을 정리해 볼 수 있다. 그리고 간혹 친구와의 대화 끝에 퇴사에 대한 생각을 접게 되는 일도 발생하는데, 이때는 사실 퇴사보다는 고민의 토로와 감정의 분출이 더 필요했던 경우라고 할 수 있다.

이때 유의해야 할 점은 크게 세 가지이다. 첫 번째, 본인의 생각이 어느 정도 정리가 된 상태여야만 한다. 정제된 의견을 토로할 때 마찬가지로 정제된 답변을 들을 수 있기 때문이다. 두 번째, 그 친구가 이후 벌어질 전형 과정의 담당자와 관련이 있다면 나의 비밀을 지켜줄 수 있는 경우에만 친구에게 고민을 털어놓아야 한다. 이는 본인의 의도대로 전형 과정을 진행할 수 있어야 하기 때문이다. 세 번째, 한 친구에게 반복해서 상담을 진행하지 말자. 아무리 본인의 고민이 깊다고 할지라도 특별한 행동 없이 상담만 반복하다 보면, 상대방 입장에서는 고민의 진정성에 대한 의문과 함께 더 이상 고민을 들어주는 것 자체에 지칠 수 있기 때문이다.

② 가족

대다수의 사람들이 본인은 더 이상 조언이 필요한 어린아이가 아닌 어른이라는 이유로, 늘 나의 걱정을 하는 부모님은 나의 결정을 반대할 것이 뻔하다는 이유로, 늘 가까이에 있으니 언제든 나중에 말하면 된다는 이유로 이 과정을 무시하거나 가벼이 생각하고 넘기는 경우가 있다. 하지만 다시 생각해 보자. 본인이 원할 때면 언제든, 아무 대가를 바라지 않고 최선을 다해서, 게다가 가족이기 이전에 사회 경험 선배로서 조언을 건네는 사람이 가족 말고 또 누가 있겠는가? 물론 처음에는 잘 다니고 있다고만 생각한 회사를 그만두겠다고 하니 안정적인 생활, 금전적인 문제, 불안정한 미래 등 여러 가지 이유로 퇴사를 반대할 것이다. 사지(死地)로 보이는 곳에 나의 가족을 쉬이 내보낼 수는 없기 때문이다. 하지만 본인의 생각과 의지가 확고하고 현재 상황과 나의 결정에 대한 계획을 잘 말한다면, 그런 곳을 향한다고 할지라도 진심 어린 응원을 보내 줄 수 있는 이들이 바로 가족이기도 하다.

퇴사를 위한 전형 과정 중 '가족' 단계에서는, 온전히 '나'를 위한 의견을 들을 수 있다. 따라서 이 과정을 거치면서 나의 생각을 더욱 확고히 다져갈 수 있다. 또한, 가족이 나의 퇴사 계획을 미리 앎에 따라 마음의 준비를 할 시간을 가질 수도 있다. 혹시 이 과정이 아직 힘들게 느껴진다면 생각을 조금 더 정리한 후,

다시금 이 전형 과정에 도전하자. 어떤 상황이든 당신의 가족은 언제든 당신의 말을 진심으로 들어주고 응원을 건넬 것이다.

③ 회사 동료(주로 선배)

이제부터는 본격적으로 회사 사람들에게 의견을 구하기 시작하는 단계이다. 하지만 본인의 인사권을 가진 사람들을 찾아가기엔 아직 이르고, 우선 회사 내 친분이 있는 동료들과 진솔한 얘기를 나눠보자. 선배, 동기, 후배 등 본인에게 진솔한 의견을 줄 수 있는 이라면 누구든 상관없다. 이들은 본인과 같이 회사 내 사정에 익숙한 상태이기 때문에, 다른 과정에서 겪지 못한 새로운 방향의 의견도 들을 수 있을 것이다. 또한, 평일에는 회사라는 같은 장소에 있기 때문에 별다른 약속을 잡지 않아도 편하게 만나 의견을 구할 수 있다는 장점도 있다. 그리고 이때 가능하다면 이직 경험이 있는 분들의 의견도 참고하면 더욱 좋은데, 퇴사 후 새로운 방향성을 찾아내는 경험을 이미 해 보았던 분들이기 때문이다. 이 과정을 거치면서 동료들의 진심이 담긴 조언에 귀를 기울여보자.

다만 이때 사내에 퍼지는 소문을 조심해야 한다. 퇴사를 결정하는 과정에서 잘못된 소문으로 돌이킬 수 없는 상황이 벌어질 수 있기 때문이다. 예를 들어 본인은 고민을 거듭한 끝에 퇴사 생각을 접었는데, 사내에서는 이미 퇴사를 고민하는 사람으로 찍힌 상태가 될 수도 있다. 또한, 설상가상으로 생각 정리가 안 된 상태에서 인사권자의 호출을 받아 본인의 생각이 타의로 수정될 수도 있다. 이처럼 소문은 바람직하지 못한 결과를 야기하기 마련이다. 퇴사는 반드시 본인이 원하는 시기에, 본인의 의지로 결정되어야 한다. 그렇기 때문에 이런 불상사를 미연에 방지하기 위해 의견을 나누는 동료가 본인뿐 아니라 본인의 상사와도 친분이 있는지 알아두어야 한다. 친분이 두루두루 있는 그분 입장에서는 어디까지나 선의로 이 상황을 상사에게 미리 알리는 것이 최선이라 생각할 수도 있기 때문이다. 혹시나 그럴 가능성이 있는 동료라면 나의 상황을 잘 설명한 뒤 정중하게 비밀을 부탁하

자. 하지만 제일 안전한 방법은 되도록 이런 우려가 없는 분들에게만 의견을 구하는 것이며, 필자 또한 이 방법을 추천한다.

④ 인사권자(팀장, 대표 등)

앞에서 언급한 모든 과정을 통해 본인의 생각 정리를 마쳤다면 이제 마지막이다. 본인의 인사권자에게 퇴사 의사를 전달하자. 단, 이 과정부터는 더 이상 이전으로 돌이키기 어려워진다는 걸 반드시 유념하자. 조직구조별로 차이는 있겠지만 본인의 팀장과 퇴사 의사를 나누며 면담을 진행한 후, 상급 인사권자와의 추가 면담 과정이 진행될 수 있다. 또한, 이 단계는 모든 과정 중 가장 난처하고 까다로울 수 있다. 관리자 입장에서 예상치 못한 인력 손실은 회사에도 팀에도 부정적인 요소이기 때문이다. 그리고 면담 과정에서 퇴사를 만류하기 위해 상급 관리자가 특별한 제안을 할 수도 있다. 이러한 경우 그 제안에 혹해서 바로 의사 결정을 번복하기보다는, 만약 그 제안을 받아들인다면 퇴사를 해야만 했던 본인의 고민이 해결될 가능성이 있는지 면밀히 검토해 본 후 결론을 내려야 한다.

그리고 이 전형 과정에서 가장 중요한 것이 있다. 첫째도 둘째도 끝까지 '예의'를 지키는 것이다. 면담 과정에서 상충하는 의견을 조정하다 보면 마음이 상할 수도 있다. 하지만 정말 특수한 경우가 아니라면 기본적인 예절은 반드시 지켜야 한다. 특히 동종업계로 이직할 계획이라면 말할 것도 없고, 반대로 평생안 보게 될 것 같은 사람도 언젠가 예상치 못한 방식으로 마주칠 수 있기 때문이다. "지구는 넓고, 세상은 좁다."라는 말처럼 내가 끝을 어떻게 맺느냐에 따라 언제 어디서 다시 만나 나에게 곤란함을 줄 수도, 도움을 줄 수도 있다.

—

물론 이번에 제시한 전형 과정을 모두 해 보는 것은 불가능할 수도 있다. 전형 과정의 대상 자체가 퇴사의 주된 원인인 경우가 있을 수도 있고, 전형 과정 고민을 상담할 사람이 없거나 부족한 경우가 있을 수도 있기 때문이다. 하지만 일반적인 수준에서 가장 많은 이들에게 참고될 만한 방식으로 작성된 방법인 만큼, 본인의 현재 상황에 맞게 개량해서 진형 과정을 최대한 진행해 보길 권한다. 이처럼 다양한 전형 과정들을 본인의 상황에 맞게끔 진행하며 후회 없는 퇴사가 되도록 한 걸음 더 걸어가 보자.

현재 D-4개월과 다음 페이지 D-3개월 과정은 사실한 달 내에 해결할 수 없는 경우가 더 많을 것이다. 즉, 해당 시점에 시작하는 것을 권유하는 차원에서 디데이를 표기한 것이지 한 달 내에 완료하기 위해서 표기한 것이 아님을 참고하길 바란다. 실제로 필자의 경우, 모든 과정을 거친 후 D-1개월이 되는 시점에야 인사권자에게 퇴사 의사를 통보할 수 있었다. 생각의 시작부터 계산하면 5개월 이상의 긴 시간이 걸린 셈이다. 하지만 생각을 수시로 수정하는 이 과정을 거치면서 퇴사에 대한 생각과 이후의 계획들은 더욱 탄탄해졌고, 후회 없는 결정을 내릴 수 있었다.

퇴사 사유에 대한 답변이 애매한 당신을 위해

이전 내용에서 퇴사에 대한 점검을 위한 전형 과정에 대해 이야기했다. 필연적으로 이 과정에서는 다양한 질문이 오고 가기 마련인데, 이때 질문에 대한 올바른 답변을 할 수 있는지 여부가 내 생각이 얼마나 정리가 잘 되었는지 판단하는 기준이 될 수 있다. 필자 또한 당시에 많은 질문을 받았었는데, 질문에 따라 자신감 있게 답을 내뱉을 수 있는 경우도, 머뭇거리게 되는 경우도 있었다. 하지만 분명한 것은, 평소 생각하지 못했던 부분에 대해 질문을 받고 답변해 나가는 과정이 내 생각을 한층 더 견고히 해 나가는 데 큰 도움이 되었다는 것이다. 아래에 이어지는 내용은 실제 전형 과정에서 받았던 질문과 답변이다. 물론 그대로 활용하기에는 무리가 있을 수 있지만, 모범답안을 본다고 생각한다면 분명 도움이 될 것이다.

① 친구 A: "그래서, 뭐가 힘들어서 퇴사하는 거야?"

예고 없이 퇴사라는 단어를 내뱉은 나에게 친구 A가

던진 질문이다. 그리고 나는 바로 답하지 못했다. 일단 '뭐'에 속하는 일이 한두 가지가 아니었고, '힘들어서'라는 것은 일시적인 감정의 단편이라 생각했기 때문이다. 오히려 이때 "사실 사건 A 때문에 짜증나서 퇴사를 결심했어."라고 바로 답변했다면, 잘못된 선택이었을 수도 있었을 것이다. 지나치게 특정한 일에 함몰되어 있는 상태에서 격양된 감정으로 인한 선택은 섣부르다고 볼 수밖에 없기 때문이다. 퇴사는 단일 관점보다는 총체적인 관점에서, 그리고 감정적으로 안정된 상태에서 냉철한 검토가 필요하다. 당시 한참의 고민 끝에 결국 이렇게 대답했다.

"힘든 일들도 물론 있었지만, 그것만으로 퇴사를 결심하게 된 건 결코 아니야. 사실 회사가 힘들어서 그만둔다기보다는 회사 말고 다른 곳에서 더 많은 것들에 도전해 보고 싶고, 삶에서 새로운 재미를 찾고 싶은 마음이 더욱 커. 지난 휴가 때부터 생각해 왔는데, 어느 순간부터 내가 꿈도 희망도 없는 좀비같이 느껴지더라고. 그래서 이런 상황을 벗어나기 위해 생각을 거듭했고, 결국 퇴사를 결심하게 되었어. 그런데 신기한 게 그러고 나니까 좀비는 무슨, 지금은 퇴사 후에 하고 싶은 일이 너무 많아서 세려고 하면 두 손을 다 펼쳐도 모자랄 정도야. 솔직히 퇴사 후가 많이 두렵긴 해. 하지만 그만큼 가치가 있는 일이란 생각이 들고, 지금은 이렇게 새로운 가능성을 찾아낸 나에 대한 만족도가 큰 상태야."

한참이나 이어진 나의 답변을 들은 친구 A는 진심으로 응원한다는 말을 전했다. 그리고 정말 오랜만에 취업준비생 때로 돌아간 것처럼 우리의 인생, 앞으로의 계획에 대해 이야기를 나눌 수 있었다.

② 어머니: "꼭 퇴사를 해야겠어? 이직이 좀 더 현실적일 것 같은데."

물론 일반적으로는 어머니 말씀이 정답에 가깝다. 하지만 나의 퇴사 사유 중 하나는 새로운 일들에 도전하고 싶은 것이었기 때문에 이직은 당장의 고려 대상이 아니었다. 이직 후 새로운 회사에 다니면서 할 수 있는 규모의 일들이 아니라 판단했기 때문이다. 그러나 어머니의 걱정도 이해가 안 되는 바는 아니었기에 다음과 같이 대답했다.

"어머니, 저는 지금 여러 가지 의미로 시간을 가져야만 하는 상황이 되었어요. 신체적·정신적으로 이상 신호를 그간 여러 번 접했었는데, 이 문제의 원인이 스스로가 정체된 것을 방치해 왔기 때문이라는 걸 깨달았어요. 그리고 이대로 사라져가는 제 삶을 그대로 보고만 있을 수 없다고 생각했고, 퇴사 후 새로운 일들에 도전해 보기로 마음을 먹었어요. 물론 당분간은 불안정한 상태가 지속될 것 같아요. 하지만 그래도 이전의 모습보다는 나을 것이라 생각해요. 이제부터는 타의가 아닌 자의로 받는 스트레스인 만큼 앞으로의 일들은 제가 스스로 감내해 볼 생각이고요. 물론 재취업도 추후에는 고민할 생각이니 너무 걱정 안 하셔도 돼요. 하지만 지금 당장은 퇴사만을 진행한 후, 계획한 일들을 해 보고자 해요."

이후에도 어머니의 질문과 만류는 퇴사 직전까지 끊임없이 이어졌다. 심지어 최근까지도 동일한 걱정을 건네셨으니 말이다. 하지만 나는 이때마다 자신감 있게 나의 계획에 대해 설명을 해 드리고 있으며, 앞으로도 쭉 그럴 것이다. 앞서 설명한 전형 과정에서처럼 가족을 설득하는 일은 결코 쉽지 않지만 반드시해야 하는 일이다. 그리고 이런 힘든 과정을 거친 후의 가족의 지지와 응원은 나에게 더 큰 힘이 되어 돌아올 것이다.

③ 회사 선배 B: "그분 때문이지?"

팀이 바뀌기 전까지는 매일 밥을 같이 먹었을 정도로 친했던 회사 선배 B와의 술자리에서 내가 처음으로 퇴사 이야기를 꺼냈을 때 들었던 질문이다. 그리고 나의 답변은 다음과 같았다. "아니오, '그분' 때문이 아닙니다." 물론 업무상 마찰이 있었던 건 사실이기에 초반에 영향이 있었음은 분명했다. 하지만 점점 퇴사에 대한 생각을 해 나갈수록 이는 전혀 중요치 않아졌다.

생각이 변한 이유는 다음 두 가지이다. 첫 번째, 각자 일을 하는 과정에서 그분 또한 어쩔 수 없는 선택을 했던 것이라 생각했다. 회사에서의 업무는 무슨 상황이 되었든 진행되어야 하며, 업무에 더욱 큰 책임을 갖고 있을수록 이에 대한 압박감은 커지기 마련이다. 그리고 그분은 맡은 업무에 충실했을 뿐이므로, 개인적인 감정으로 확대하여 해석하지 않으려 했다. 두 번째, 앞에서도 언급했듯이 단일 요소만으로 퇴사할 생각이 없었다. 나의 퇴사 대원칙 중 하나는 '법적 혹은 도덕적 문제가 발생한 경우가 아니라면, 한 가지 요인만으로 퇴사를 진행해서는 안 된다'이기 때문이다. 이러한 생각으로 퇴사를 고민하고 있었기에 선배에게 내 생각을 솔직하게 말할 수 있었고, 이어서 선배 입장에서의 유익한 조언을 들을 수 있었다.

④ 팀장님: "이직이라고 했으면 차라리 이해될 텐데 퇴사라고 하니 걱정된다."

평소 퇴사를 통보하는 직원에게 별다른 첨언을 하지 않는 것으로 알려져 있던 팀장님이 건넨 의외의 말씀이었다. 나는 동기의 절반이 퇴사와 이직으로 떠나가도 단 한 번도 퇴사를 떠올리지 않았었다. 격무와 과중한 스트레스는 힘들었지만, 팀장님에게 배울 점이 많다고 생각했었기 때문이다. 업무능력뿐 아니라 관리자로서의 역량까지, 하나하나 그대로 따라 하고 싶을 정도로 회사 내 나의 롤 모델이셨다. 또한, 논리성과 구체성을 항상 중요시하셨던 분이었기에, 팀장님에게 말씀드리기 전 오랜 시간 생각의 정리가 필요했었다. 하지만 그간 퇴사에 대해 끝없이 고민하고 점검해 왔기에 실제로 답변하는 것은 어렵지 않았다.

"이상주의라고 생각하실 수도 있습니다. 하지만 지금 나가서 하고자 하는 일을 하지 않으면, 더 이상은 새로운 일에 도전할 수 없을 것이라는 생각이 들었습니다. 물론 계속 회사에 다니게 된다면, 겉보기에는 큰 문제없이 삶을 살아갈 수도 있을 것 같습니다. 하지만 그럴수록 내면에서는 알 수 없는 문제들이 더욱 심화될 것이라 생각했습니다. 그리고 제가 꿈꾸는 미래의 모습은 결코 이런 것이 아니기에, 더 늦기 전에 이를 해결하고자 했습니다. 퇴사 후의 미래보다는, 현재와 같이 살면서 맞이할 미래가 더욱 두려웠기 때문에 이렇게 결정하게 되었습니다. 당분간은 제 삶의 안정성보다는 가능성에 더 집중해 보고자 합니다."

이후 몇 차례 만류와 질문이 더 오고 간 후, 팀장님은 나의 퇴사 의지가 확고하다는 걸 눈치 채신 듯 보였다. 그리고 이때부터는 실질적으로 도움이 될 만한 좋은 말씀과 조언을 건네주시며 퇴사를 승인하셨다. 지금도 가끔 팀장님이 당시 건네주셨던 조언이 떠오르곤 하는데, 그때마다 당시의 마음가짐을 되새기곤 한다.

⑤ 그분: "……."

정석대로라면 팀장님 전에 직속 선배에게 먼저 퇴사 의사를 전달해야 했지만, 출장 중인 관계로 부득이 팀장님에게 먼저 퇴사 의사를 전달했다. 그리고 그분이 돌아왔을 때는 모든 일이 정리된 후였고, 그제야 퇴사 소식을 직접 전달할 수 있었다. 본인과의 마찰로 인해 퇴사하는 것이라 오해하실 수도 있었기에, 좀 더 상세하게 설명해 드릴 필요가 있었다. 그래서 오랜만에 만나 뵌 자리에서 먼저 말씀드리지 못해 죄송하다는 말과 함께 퇴사하는 이유를 전했다.

이후에는 평소에 나누기 힘들었던 솔직한 이야기들을 나눌 수 있었다. 업무가 얽혔을 때는 많이 부딪쳤지만, 퇴사 의사를 전하고 나니 그분도 나도 한결 가벼운 마음으로 여러 가지 이야기를 나눌 수 있었다. 이를 통해 업무상 마찰과 개인적 감정을 헷갈리지 않아야 한다는 내 생각에 대해 다시금 확신을 가질 수 있었다. 당시에 그분은 내가 퇴사할 때까지 미안함과 응원을 끝까지 건네주곤 했는데, 아무래도 마지막까지 나의 퇴사 사유 중 일부가 본인 때문이라고 생각하셨던 것 같다. 하지만 퇴사를 하고 꽤 오랜 시간이 지난 현재도 나의 퇴사 사유는 그분과의 마찰이 아니라는 생각에는 변함이 없다.

위 질문과 답변은 필자의 상황에서 이루어진 것이기에 실제로는 다른 질문이 주어지는 것은 물론, 질문이 아예 없는 경우도 생길 수 있다. 상대방 입장에서는 까다로운 질문을 고민하기보다는 위로나 응원을 건네는 것이 최선이라 생각할 수도 있기 때문이다. 만약 질문이 없는 경우라면 상대방이 본인에게 질문을 건넬 수 있는 상황을 만들거나 위에서 언급한 질문을 자체적으로 답변해 보는 것을 추천한다. 불확실한 상태에서 잘못된 확신을 갖게 되는 불상사를 막기 위해서 우리는 질문에 감사하고 질문을 검사하는 마음을 가져야 한다. 이러한 과정을 거쳐 본인의 의지를 더욱 확고하게 다져나갈 수 있을 것이다.

※ TIP

D-4개월과 D-3개월 부분은 해당 시점에 시작하는 것을 권유하는 날짜일 뿐, 실제로는 한 달 이상의 시간이 소요될 가능성이 높다. 따라서 디데이는 어디까지나 참고사항으로 보길 바라며, 실제로는 퇴사 일정을 확정 짓는 날까지 해당 과정을 반복적으로 진행해 보길 추천한다.

후회 없는 퇴사원이 되기 위해서

앞의 과정을 거쳐 퇴사하는 것으로 결정이 되었다면, 회사에 말하기 전에 미리미리 해야 하는 일들과 더불어 꼭 확인해야 할 것들이 있다. 이는 회사에 퇴사 소식을 알린 후나 퇴사 후에는 챙기기 난감해지는 것들이 대부분이므로 늦지 않게 확인하는 것이 좋다. 152쪽에 퇴사 체크리스트를 수록했으니 나의 상황에 맞게 하나씩 체크해서 활용해 보는 것을 추천한다.

(D-2개월) 퇴사 전 미리미리 해야 할 6가지

① 퇴직 일자와 잔여 연차 확인

퇴직 일자는 사규와 본인의 일정을 동시에 참고해 결정해야 한다. 간혹 15일 이상 근무 시 한 달 치 급여

전액을 지급하는 경우도 있는데, 이러한 혜택이 있는 경우 이에 맞춰 퇴사 일정을 조절하는 것이 좋다. 그리고 연차수당과 관련된 사내 조항도 잘 확인해 놓아야 한다. 또한, 남은 연차 중 일정 개수 이상은 연차수당으로 계산하지 않는 경우도 있는데, 만약 수당이 지급되지 않는다면 퇴사 전 연차를 최대한 사용해 손해 보는 일이 없어야 한다. 이러한 것들과 개인 일정을 고려해 퇴직 일자를 대략적으로 정한 후 회사와 이야기한다면 회사 상황에 휘둘리지 않고 퇴사 일자를 결정할 수 있다. 물론 회사와 논의 후 내 생각대로 퇴사 일자가 정해지지 않을 수도 있지만, 남은 내 연차를 미리 확인한 후 어떻게 사용할 것인지 미리 계획을 세워두면 예기치 못한 상황에 대비할 수 있다.

② 복지 혜택

복지 혜택은 복지 포인트, 의료 혜택, 자기계발비 지원, 제휴 업체 할인 혜택 등으로 퇴사 전 최대한으로 누리는 것을 추천한다. 특히 주목해야 할 부분은 '의료 혜택'인데, 이는 건강과 직결된 중요한 요소이기도 하고, 다른 요소보다 상대적으로 퇴사 후 누리기 힘든 혜택이기 때문이다. 퇴사하기로 결정을 했을뿐, 아직은 회사의 '직원'임을 염두에 두면서 눈치 보지 않고 혜택을 누리길 권장한다.

③ 본인 업무 관련 자료(포트폴리오)

퇴사 전 본인이 진행해 왔던 업무와 관련된 자료를 따로 정리하거나 포트폴리오를 만들어 보관해 두면 좋다. 퇴사 후 필요할 때 정리하면 되겠지 싶어도 막상 그때가 되면 지금만큼 업무와 관련된 사항들을 생생하게 기억해 내기 어렵기 때문이다. 그래서 업무 감각이 살아있을 때, 즉 퇴사 전에 미리미리 준비해 두는 것이 가장 효율적이다. 다만 회사의 보안 규정상 가능한 수준에서 적절히 진행하길 권장한다. 간혹 보안 규정이 엄격한 회사라면 자료를 그대로 옮기는 경우 문제가 발생할 수도 있기 때문이다.

④ 재정 상황 확인

퇴사를 결정했다면 우선 본인의 재정 상황에 대해 미

리 정리를 해야 한다. 특히 공백 없이 바로 이직하는 경우가 아니라면 당장 수입이 사라질 공백기의 상황에 대비하고 있어야 한다. 이를 위해 우선 본인의 자산 및 대출 현황과 회사원으로서 얻었던 금융 혜택들을 퇴사 후에도 유지할 수 있는지 확인해야 하고, 회사원일 때 추가로 개설해야 할 통장이나 발급받아야 할 신용카드가 있다면 미리 준비해 두는 것이 좋다. 통장과 신용카드는 회사원(고정적인 수입이 있는 사람)이 아닌 경우 발급 절차가 까다로울 뿐 아니라 발급 승인도 잘해주지 않고, 통장은 개설 이후 영업일 20일이 지나야만 다른 은행의 통장을 발급받을 수 있다고 하니 퇴사 전에 꼭 나의 재정 상태를 점검해 두자.

⑤ 청년내일채움공제

'청년내일채움공제'는 중소·중견 기업에 정규직으로 취업한 청년들의 장기근속을 위해 청년-정부-기업이 공동으로 공제금을 적립하여 한 회사에서 일정 기간 근속 시 성과 보상금 형태로 만기 공제금을 제

공하는 사업이다. 나의 경우 2년형을 가입했고, 절반 정도 납입을 마쳤을 때 퇴사하게 되면서 청년내일채 움공제를 중도해지하게 되었다. 그런데 여기서 문제 가 발생했다. 가입 후 12개월을 채우지 못하고 퇴사 를 하면 공제금을 받을 수 없는데, 나는 당시에 가입 기간의 절반 정도 납입을 했으니 당연히 1년이 지났 다고 생각한 것이다. 하지만 날짜 계산을 잘못하는 바 람에 12개월이 아닌, 11개월만을 채우고 중도해지를 하게 되는 불상사가 발생했다. 결국 나는 상당한 금액 의 지원금을 놓치게 되는 실수를 저지르고 말았다.

이러한 불상사를 막기 위해서는 청약 일자를 잘 확인 해 봐야 한다. 이를 위해서는 청년내일채움공제 가입 시 개설했던 통장 날짜를 보면 되는데, 이 날짜가 바 로 청약 일자이고 이 날짜를 기준으로 실제 가입 일 자가 계산된다. 하지만 이런 설명보다 더욱 확실한 방법은 퇴사 전 관련 부처 문의를 통해 정확한 날짜 와 공제금을 직접 확인해 보는 것이다.

사이트명	주소
청년내일채움공제 공식 홈페이지	https://www.sbcplan.or.kr/intro.do

⑥ 퇴직금과 퇴직연금

퇴직금은 '퇴사의 꽃'이다. 그동안 내가 회사에서 받은 스트레스와 힘들었던 업무에 대한 위로금이랄까. 그리고 요즘은 퇴직금을 일시 지급이 아닌 다른 방법으로도 받을 수 있다. 물론 사내 규정이나 여러 가지 상황으로 내가 원하는 형태로 퇴직금을 받지 못할 수도 있지만, 만약 선택이 가능하다면 퇴직금 받을 방법을 미리 알아보고 퇴사 후 나의 자산 계획을 세우는 데 참고하도록 하자.

퇴직금은 근로자가 일정 기간 근무하고 퇴직 시 회사에서 지급하는 '일시 지급금'으로, 평균임금이 높아진 직후인 상여금·성과급을 받은 후에 퇴사하게 되면 퇴직금 또한 상승하게 된다. 이때 구체적인 퇴직금은 고용노동부의 퇴직금 계산 페이지 혹은 사내 인사과를 통해 확인할 수 있고, 아래 계산 공식으로 대략적인 퇴직금을 추정해 볼 수도 있다.

퇴직금 = 1일 평균임금 × 30(일) × (재직 일수/365(일))

사이트명	주소
고용노동부 퇴직금 계산 페이지	http://moel.go.kr/retirementpayCal.do

그리고 퇴직연금으로 퇴직금을 지급받을 수도 있다. 퇴직연금은 회사 상황이 어려워도 안정적인 퇴직금 지급을 받을 수 있다는 장점이 있지만, 퇴직금 수령을 위해서 별도의 계좌를 개설하는 등 수령 과정이 꽤나 복잡하다. 나의 경우 당장의 목돈은 필요 없었기 때문에 퇴직연금제도를 선택했고, 그중 개인형퇴직연금(IRP)을 선택했다. 그래서 퇴사 후 자체적으로 개인형퇴직연금을 위한 통장을 개설하고 정보를 알려달라는 안내를 받았었다. 참고로 앞서 말했듯이 통장 개설 시 필요서류가 많고 중간 과정에서 건강보험공단과 연락을 거치는 등 과정이 매우 복잡하고 까다롭다. 하지만 개인형퇴직연금(IRP) 통장을 일단

개설하고 나면 퇴직금을 계속해서 적립 또는 운용이 가능하고, 회사를 여러 번 옮기더라도 그때마다 받은 퇴직금을 하나의 계좌로 모아 관리할 수 있어 당시 나의 상황에 딱 맞는 선택이었다.

퇴직연금제도	– 확정급여형(DB) – 확정기여형(DC) – 개인형퇴직연금(IRP)

(D-1개월) **깔끔한 퇴사를 위한 7단계**

앞서 설명한 퇴사 전 미리 해야 하는 일과 챙겨야 하는 것들을 다 확인했다면 이제부터는 본격적인 퇴사 과정이 시작된다. 나의 퇴사 소식을 상사에게 전하고, 후임자에게 인수인계는 물론, 동료들에게 퇴사 소식을 전하면서도 본 업무를 해야 하기 때문이다. 하지만 이런 정신없는 상황에서도 마지막까지 실수 없이 마무리할 수 있도록, 퇴사 결정 후 꼭 해야 하는 일들의 목록을 이번 글에 정리해 놓았다. 첫인상만큼이나 중요한 것은 마지막 인상이다. 두 인상은 순간적으로 형성된다는 측면에서는 동일하나 전자는 앞으로 바꿀 여지가 있지만, 후자는 만회할 기회가 없다는 차이점이 있다. 하지만 아래의 안내를 잘 따라가기만 한다면, 마지막 인상을 아름답게 만들어 나갈 수 있을 것이다.

STEP 1. 업무 파트너에게 퇴사 소식 전달하기

퇴사 결정 후 내 퇴사 소식은 삽시간에 퍼지게 될 것이고, 이는 업무적으로 관련도가 높은 동료에게 더욱 민감하게 들릴 수 있다. 당장 업무 파트너가 바뀔 뿐 아니라 업무 방식 또한 바뀌게 될 것이기 때문이다. 따라서 나와 업무 관련도가 높은 사람들부터 차례로 퇴사 소식을 전하고, 변경될 담당자가 미리 정해졌다면 이 정보도 함께 전해주는 것을 추천한다. 그리고 이때 인수인계를 받을 새로운 담당자에게는 사전에 이분들에게 미리 인사를 해둘 수 있도록 안내하자. 퇴사 후 대처하기 애매한 것 중 하나가 회사에서 걸려오는 전화인데, 이러한 준비를 거친다면 불상사를 최대한 방지할 수 있다.

STEP 2. 인수인계 3가지 원칙

사실 나의 퇴사로 인해서 가장 난감함을 느끼고 있을 사람은 바로 나의 후임 담당자이다. 준비 기간이 충분했었다 할지라도 난감한 것이 인수인계인데, 제대로 인수인계할 시간도 없었다면 상황이 더욱 심각하게 느껴질 것이다. 이럴 때일수록 '간결, 반복, 상세'라는 인수인계 3가지 원칙을 준수해야 한다. 이는 인수인계는 누구나 알아볼 수 있도록 간결해야 하고, 여러 차례 검토한 뒤 잘못된 부분이 없는지 반복해서 확인해야 하고, 업무를 진행하는 데 어려움이 없도록 상세하게 기록해서 남겨놓아야 함을 뜻한다.

특히 본인이 해당 업무를 오래 담당하고 있었거나 해당 업무를 이전에 경험해 봤던 직원이 적을수록 인수인계의 중요성은 더욱 높아진다. 하지만 몇 년간 해왔던 일을 몇 주 만에 완벽하게 넘긴다는 건 사실상 불가능에 가까운 일이다. 그러므로 퇴사 후 회사에서 몇 차례 전화가 오는 것을 각오하고 있어야 하며, 후임 담당자의 난감함을 고려해 최대한 친절하게 전화를 받도록 하자. 물론 전화가 지나치게 반복된다면 더 이상의 도움을 거절할 준비도 하고 있어야 한다. 이러한 상황을 대비해 자료를 남겨놓은 것이기 때문이다.

STEP 3. 각종 증명서

처음 퇴사할 때 가장 놓치기 쉬운 서류들이 있는데, 재직증명서, 경력증명서, 급여증명서, 근로소득원천징수영수증 등이 이에 해당된다. 이는 재직 중에는 사내 시스템이나 관련 부서를 통해 쉽게 발급받을 수 있는 서류이지만, 퇴사 후에는 반드시 인사과 문의를 거쳐야 하는 경우가 대부분이다. 물론 서류 발급을 요청하면 당연히 발급해 주겠지만, 이전 회사에 선뜻 연락하기는 쉽지 않기에 퇴사 전 미리미리 필요한 서류를 챙겨두고, 사본은 물론 스캔까지 해놓는 것을 추천한다. 이는 추후 퇴직금 수령 절차 때뿐 아니라, 이직 시 연봉 협상이나 연말정산 등 다양한 상황에 활용될 수 있는 서류다.

STEP 4. 다다익선 식사 자리와 술자리들

이 과정은 개인의 성향에 따라 찬반이 갈릴 수도 있을 것 같다. 하지만 나는 친분 혹은 업무상 교류가 있었던 회사 사람들과 퇴사 전에 가벼운 자리라도 갖는 것을 추천한다. 혹시나 대면하는 것이 부담스럽다면 사내 메신저나 쪽지로도 충분히 마음을 전할 수 있다. 척박한 사회생활 중 친분이 생겼다는 것은 그 자체로 큰 가치가 있는 일이며, 업무상 교류가 있었던 회사 사람들은 본인과 같이 전쟁을 치른 전우와도 같은 존재다. 그리고 이때 만나는 회사 사람들은 퇴사 후에도 인연을 이어 나갈 수 있는 가능성이 높다. 반대로 업무상 마찰이 있어서 교류하지 않았던 회사 사람이 있을 수도 있다. 하지만 이러한 회사 사람들과도 굳이 따로 자리를 갖지 않더라도 마무리만큼은 좋게 해 나가길 추천한다. 업무상 마찰은 어디까지나 업무가 얽혀있기 때문에 발생했을 확률이 높고, 내가 동종업계로 이직한다면 언젠가 다시 마주칠 확률이 매우 높은 관계이기 때문이다. 또한, 동종업계로의 이직이 아니라 해도, 굳이 끝까지 안 좋은 상태로 남

142

아있을 이유가 전혀 없다. 인연은 언제 어떻게 이어

질지 모르기 때문이다.

STEP 5. 흔적 지우기

앞의 과정들이 마무리되었다면 이제는 본인의 흔적

을 지워나갈 차례이다. 회사에 보관하고 있던 개인

물건들을 집으로 미리 가져다 놓고, 본인의 자리에

놓고 사용하던 회사 용품들을 원위치해 놓고, 본인의

컴퓨터 속 자료들을 깔끔하게 정리해 놓도록 하자.

막상 퇴사 직전에 한 번에 정리하려다 보면 개인 짐

이 너무 많아 버거울 수도 있고, 시간이 없어 실수가

생길 수도 있다. 그렇기 때문에 생각날 때마다 본인

의 흔적들은 미리 지워놓기를 추천한다.

> ✳ TIP
>
> 업무와 관련된 모든 자료의 소유권은 회사에 있다. 퇴사 전 컴퓨터
> 속 자료들을 정리하는 것 이상으로, 홧김에 무단으로 삭제한 경우
> 회사에서 추후 책임이나 손해비용을 청구할 수도 있으니 주의해
> 야 한다.

STEP 6. 마지막으로 들르면 좋은 곳들

"이제 회사 쪽으로는 베개도 놓지 않을 거야!" 퇴사를 한다고 하면 자주 농담처럼 던지는 말이다. 실제로 베개 위치를 신경 써본 적은 없지만, 퇴사 후 현재까지 회사 근처에도 간 적이 없다는 점에서는 맞는 말처럼 느껴지기도 한다. 그런 의미에서 퇴사 전에 본인이 회사 생활 중 자주 들렀던 장소들을 한 번씩 다녀오는 것을 추천한다. 스트레스를 받았을 때마다 안정을 취하기 위해 들렀다 오던 인근 공원, 혼자서 가기에도 큰 부담이 없어 혼밥 시 애용했던 맛집, 조용한 분위기와 커피향이 참 좋았던 카페 등 다양한 곳들이 있을 것이다. 필자 또한 퇴사 직전에는 생각도 안 날 것이라고 한 장소들이 문득문득 떠오르는 것을 보면, 퇴사 전에 회사 근처를 한 바퀴 쭉 들러보는 것이 아쉬움을 남기지 않고 깔끔하게 회사 생활을 정리할 수 있는 좋은 방법인 것 같다.

STEP 7. 나를 위한 여행 준비

대부분의 회사에서 장기간의 여행은 정기 휴가 시즌

외에는 꿈도 꾸기 힘든 일이다. 하지만 퇴사 이후에는 상황이 완전히 달라진다. 비로소 여행을 떠날 수 있는 여유가 생기는 것이다. 따라서 이직이 확정된 경우라 할지라도 새로운 회사에 출근하기 전 공백 기간을 만들어 여행을 다녀오는 것을 추천한다. 우리는 여행을 통해 평소와 다른 시선을 갖게 되고, 평소와 다른 방식으로 생각을 할 수 있게 된다. 이와 더불어 여행은 그간 생각들로 꽉 차있던 머릿속을 비우는 데도 효과적이다. 따라서 퇴사를 앞둔 시점에 미리 본인만을 위한 여행을 계획하고, 퇴사 직후 곧바로 떠나는 것을 강력히 추천한다.

—

퇴사 결정 후, 나는 어떤 유형일까? 퇴사를 앞둔 사람의 모습에는 두 가지 유형이 있다. 첫 번째는 '방치형', 이는 '어차피 이제 다 끝인데 뭐'라는 생각으로 본인이 떠나기 전 해야 할 모든 것들에 큰 관심을 두지 않는 유형이다. 빠른 퇴사만을 희망할 뿐, 다른 모든 일에는 별 의지를 보이지 않는다. 이 경우 좋지 못한 마지막 인상을 남길 가능성이 높아진다. 두 번째는 '졸업식 효과'를 강하게 느끼는 유형이다. 이는 학창 시절 졸업식처럼 모든 것들이 아련하게 느껴졌던 그 상황을 퇴사를 준비하는 지금에도 똑같이 느끼는 사람을 뜻한다.

사실 두 가지 모두 극단적인 경우이며 둘 중 어디에도 속하지 않는 경우도 존재한다. 하지만 굳이 한 유형을 선택해야 한다면 '졸업식 효과'를 누리는 쪽을 추천한다. 물론 퇴사 후 같이 일했던 사람들과 평생 마주칠 일이 없을 수도 있다. 하지만 그렇다고 해서 본인의 마지막 모습을 안 좋게 남길 필요는 없다. 누군가의 기억 속 마지막 모습을 스스로 선택할 수 있는 상황이라면, 좋은 모습을 선택하지 않을 이유가 없기 때문이다. 여태껏 잘 준비해 왔던 퇴사만큼이나 본인의 마지막 모습 또한 잘 만들어 나가보자.

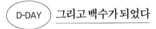

D-DAY 그리고 백수가 되었다

비로소 마지막 출근을 하게 되었다. 이때 '어떤 기분

이 들게 될까'하고 자주 생각했었다. 전쟁터를 떠나는 것과 같으니 전역할 때처럼 기분이 마냥 좋을 것이라고 예상했지만, 막상 닥쳐서 내 감정을 들여다보니 종전보다는 졸업식의 감정과 가까웠다. 돌이킬 수 없는 행동과 결정에 후회는 없었지만, 알 수 없는 시원섭섭함을 떨치기는 어려웠다.

이직이 아닌 퇴사를 결심하기 전까지 현실성과 효율성 같은 단어는 나를 대표하는 특성처럼 사용되곤 했다. 나는 일찍부터 취업이라는 목표를 달성하기 위해 다양한 방식으로 준비를 시작했다. 취업에 학점과 대외활동이 가장 큰 도움이 될 것이라는 판단하에 시간 소모가 적은 아르바이트만을 해 왔고, 이 시간을 공부에 활용해 장학금을 탄 후 부족한 재정 상황을 보충했다. 어느 정도 국내 대외활동을 한 후에는 영어 실력을 쌓기 위해 교환학생을 다녀왔고, 돌아옴과 동시에 아직 살아있는 외국어 감각을 살려 바로 자격증을 취득한 후 본격적인 취업 준비를 시작했다. 정말이지 빈틈없는 과정이었다.

실제로 원서를 넣었을 때도 이 기조는 유지되었다. 1지망 직무만을 주야장천 노리기보다는, 나의 학과를 우대해 주는 몇몇 직무에 지원한 후 합격해 새로운 기회를 노렸기 때문이다. 그리고 그 결과 운이 정말 좋게도 취업 준비를 한 지 몇 달 안 되어 바로 취업에 성공할 수 있었다. 그러나 너무 쉼 없이 달리기만 했던 탓인지 결국 문제가 생기기 시작했다. 하지만 당시에는 밀린 업무에 치여 이를 애써 무시해 왔고, 상황은 심각해져만 갔다. 결국에는 퇴사에 대한 생각을 정리하는 과정을 거친 후에야 나의 상황을 비로소 돌아볼 수 있었다. 그래서 퇴사를 결심한 것에 지금도 후회는 없다. 아니, 오히려 내 인생에서 가장 잘한 선택이라고 말하고 싶다.

마지막 날은 점심 약속을 잡지 않고, 점심시간을 활용해 회사 주변의 장소들을 차분히 돌아보는 시간을 가졌다. 신입사원 때 멋모르고 걸었던 길, 스스로가 답답해 한탄하며 걸었던 길, 팀장님에게 혼이 난 뒤 자책하며 걸었던 길. 이제는 정들어버린 회사 주변 길들을 묵묵히 걸으며 나의 회사 생활과 함께했던 길, 그리고 내 생각들을 마지막으로 정리했다.

오후에는 수많은 안녕을 주고받았다. 근무하면서 여러 팀을 거쳤던 만큼, 마지막 인사를 전해야 할 분들이 많았다. 많은 분들이 바쁘신 와중에 좋은 말씀과 응원을 전해주셨다. 그리고 퇴근 시간에 임박해서는 다시 자리로 돌아와 팀원들과 마지막 인사를 나누었다. 서로가 고생하는 것을 바로 옆에서 봐왔던 팀원들이라 마지막 인사가 더욱 애틋하게 느껴졌다. 끝으로 팀장님과의 면담을 마치고 나니 어느덧 퇴근 시간이 되었다. 이렇게 모든 회사 사람들과의 만남이 마무리 되었다. 그리고…

나는 비로소 백수가 되었다! 마침내 맞이한 새로운 시작이었다.

퇴사 체크리스트

[퇴사 전 미리미리 해야 하는 일들]

□ **퇴직 일자와 잔여 연차 확인**

연차와 관련된 사내 규정을 확인했고, 남은 연차 사용 계획과 퇴직 일자를 결정했는가?

□ **복지 혜택**

퇴사하면 더 이상 누릴 수 없는 회사의 복지 혜택을 최대한 사용했는가?

□ **본인 업무 관련 자료(포트폴리오)**

업무와 관련된 자료를 따로 정리하거나 포트폴리오를 만들어 두었는가?

□ **재정 상황 확인**

나의 재정 상황 정리와 퇴사 후 사라질 금융 혜택을 모두 확인했는가?

□ **청년내일채움공제**

퇴사를 해도 청년내일채움공제 공제금을 받을 수 있는 조건이 되는가?

□ **퇴직금과 퇴직연금**

본인의 퇴직금이 얼마이며, 구체적인 수령 방법을 확인했는가?

〔 퇴사 결정 후 꼭 챙겨야 할 것들 〕

☐ **업무 파트너에게 퇴사 소식 전달하기**

업무 관련도가 높은 순으로 퇴사 소식을 전했는가?

☐ **인수인계 3가지 원칙**

간결, 반복, 상세를 기반으로 업무 인수인계를 완료했는가?

☐ **각종 증명서**

퇴사 후 받기 난감한 서류들을 미리 발급 요청 했는가?

☐ **다다익선 식사 자리와 술자리들**

친분 또는 업무상 교류가 있었던, 또는 그렇지 못했던 회사 사람들과 가벼운 자리라도 가졌는가?

☐ **흔적 지우기**

후임자를 위해 그동안 내가 머물렀던 책상과 주변을 깔끔하게 정리했는가?

☐ **마지막으로 들르면 좋은 곳들**

퇴사하면 생각날 장소들을 쭉 둘러보았는가?

☐ **나를 위한 여행 준비**

퇴사 후 곧바로 떠날 여행 계획을 세워 두었는가?

* 앞서 설명한 것을 참고하여 퇴사 전 체크리스트를 하나씩 체크해 보자.
각 단계의 자세한 설명은 퇴사 D-2개월과 1개월 내용을 살펴보길 바란다.

Part 4

퇴사,
그 이후의 이야기

퇴사 사유는 휴식입니다

회사마다 사직서 양식은 다소 차이가 있겠지만, 대부분의 사직서에 포함되어 있는 주관식 문항을 한 가지 볼 수 있다. 바로 '퇴사 사유'를 묻는 문항이다. 그리고 이 문항에 대한 답변은 크게 두 가지로 나뉘지 않을까 싶다. 누군가는 회사에서 그동안 불합리하다고 생각했던 것들, 회사의 문제점 등을 쭉 써 내려갈 것이고, 다른 누군가는 개인 사유 정도로 간단히 마무리할 것이다. 물론 대부분은 후자에 속할 것이라 예상되지만 말이다. 이는 '굳이 마지막까지?'라는 관대함 혹은 '어차피 개선되지 않을 걸?'이라는 포기 상태의 심리가 적용되기 때문이다. 이 장에서는 회사에는 말하지 못한, 마음속으로만 갖고 있었던 퇴사 사유를 기반으로 퇴사 후 진행하면 좋은 일들, 그리고 퇴사 후 본인의 꿈을 구체화하는 과정에서 도움이 될 만한 것들에 대해 이야기해 보도록 하겠다.

휴식의 시작: 생각 비우기

현대인들, 그리고 특히 우리 한국인들은 쉬지 않으려는 성향이 유달리 강한 것 같다. 본업에 집중할 때 쉬지 않는 것은 물론, 휴식 중일 때도 꼭 무언가를 하고 있어야 직성이 풀린다. 그래서 막상 기다리던 휴식 시간이 주어져도 '뭘 해야 잘 쉬는 거지?'하고 제대로 쉬는 방법조차 모르는 모습을 어렵지 않게 볼 수 있다. 그냥 아무 생각 없이 쉬어도 괜찮은 시간에 새로운 무언가를 하고자 고민하면서 또 다른 스트레스를 만들어 내는 것이다. 물론 이런 적극적인 휴식도 나쁜 것은 아니지만, 퇴사라는 큰일을 진행한 후에는 조금 다른 방향의 휴식을 선택하는 것을 추천한다. 결론부터 애기하자면, '無의 시간'을 가질 필요가 있다. 알차게 시간을 보냈던 것만큼, 알차게 아무것도 하지 않는 시간이 꼭 필요하다. 퇴사 직후 당분간은 다가오는 월요일이나 미래 계획을 걱정하지 말고, 여태 꽉 차 있던 머릿속을 비우는 휴식 시간을 가지자.

생각을 비우는 방법으로 가장 추천하는 방법은 '명상'이다. 명상은 하고자 하는 마음만 있으면 언제든 시작할 수 있으며 비용도 들지 않고, 짧은 시간으로도 효과를 볼 수 있다는 점에서 매우 유용한 방법이다. 그리고 명상은 내가 지금 이곳에 존재하고 있다는 그 생각 하나에만 집중하는 것으로, 이를 통해 나를 짓누르는 잡념을 비워나갈 수 있다. 실제로 필자는 유튜브에서 '10분 명상'을 검색해 명상을 매일 한 번씩 꼭 하고 있다. 의지만 있다면 아무리 바쁜 상황에도 하루에 10분이라는 여유시간은 만들 수 있고, 10분이라는 짧은 시간을 통해서도 '생각의 비움'이라는 극적인 효과를 얻을 수 있다.

취미를 즐기고 발굴하기

"현재 즐기고 있는 취미가 있으신가요?"라는 질문을

받으면 대부분의 사람들은 당황한다. 이는 단순히 취미가 없기 때문일 수도, 취미라고 말하기에는 애매한 경우일 수도 있다. 하지만 이제는 온전히 취미를 즐길 수 있는 시간이 생겼다. 평소 나는 영화 보는 취미를 갖고 있었는데, 회사 생활 중에는 매번 쏟아지는 졸음 때문에 영화를 도대체 제대로 즐길 수가 없었다. 심지어 기대하던 영화를 영화관에서 4D로 보면서 10분 만에 자버렸던 적도 있었을 정도였다. 그래서 퇴사 후 이러한 한을 풀기 위해 자체적으로 '영화의 주'를 정해, 그 주에는 영화관에서 다양한 영화들을 만끽했다. 이처럼 시간적·정신적 여유가 있는 상태에서 평소에 즐기던 취미를 하면 평소, 그 이상의 재미를 찾을 수도 있다.

만약 그동안 이렇다 할 취미가 없었다면 새로운 취미를 발굴하는 일에도 도전해 보길 추천한다. 여유시간을 활용해 새로운 취미를 찾아 나가면서 뜬금없이 새로운 적성을 발견할 수도 있다. 최근에는 온·오프라인에서 '원데이 클래스'로 다양하게 취미 활동을 즐

길 수 있으니 관심이 가는 것부터 하나씩 도전해 보
자. 익숙한 일들만 반복하게 되고 새로운 일들을 하
는 것에 두려움을 느끼는 순간부터 나이에 상관없이
노화가 시작된다고 한다. 아직 늦지 않았다. 지금의
여유를 적극적으로 활용해 다양한 취미를 즐겨보자.

어디로든 자유롭게 여행을 떠나기

누군가 나에게 "퇴사 후 가장 후회되는 일은 무엇인
가요?"라고 질문한다면, 단 1초의 망설임도 없이 "여
행 가지 않은 것"이라고 답변할 것이다. 날짜 상관없
이 여행을 떠날 수 있던 상황에서 여행 계획 세우는
게 귀찮다는 이유로 여행을 미루다 보니 퇴사 후 이
미 몇 달이 지난 상태였다. 이때도 아직 늦지 않았다
고 생각했다. 그런데 상황이 급격히 안 좋아지기 시
작했다. 갑자기 확산된 코로나19로 인해 해외여행은
물론, 국내여행조차 떠날 수 없는 상황이 되었다. 그
렇게 나의 여행 계획은 아직까지 미완인 채로만 남아
있게 되었다. 결국 언제 다시 찾아올지 모를 이 긴 휴

식 시간에 나는 어디로도 떠나지 못했다. 나의 게으름이 불러온 불상사였다. 혹시나 필자와 비슷한 생각을 하고 있다면, 부디 같은 실수를 반복하지 않기를 바란다. 지체 없이 퇴사 직후에 할 수 있는 가장 효과적인 휴식 방법인 여행을 꼭 한 번 이상 떠나길 권장한다. 가능하다면 본인이 평소 접해보지 못했던 여행지를 추천하며, 한 달 살기와 같은 장기 여행 프로그램 또한 추천한다. 시간, 장소, 방식에 구애받지 말고, 본인만의 여행을 즐겨보자. 그리고 이를 통해 생각의 정리와 미래를 위한 에너지를 충전해 나가자.

어떤 상황에서도 정리는 계속되어야 한다

여기서 언급한 다양한 방법의 휴식 시간을 즐기면서도 잊지 말아야 할 것이 한 가지 있다. 바로 본인의 상태를 계속해서 정리하는 것이다. 여기서 말하는 정리는 내·외적인 정리를 포함한 것을 뜻한다. 회사 생활 동안 몸에 문제가 생겼다면 병원에 가고, 살이 쪘다면 운동과 식단 관리를 시작하자. 그간 어지럽혀진

집을 바쁘다는 핑계로 방치해 왔다면 청소를 시작하자. 아직 포트폴리오 정리가 덜 되었다면, 가급적 업무에 대한 감이 살아있을 때 정리를 마무리하자. 또한, 스마트폰으로 오는 연락 때문에 스트레스를 많이 받았었다면 필요한 수준의 연락처와 채팅방만 남긴 채 모든 것을 정리하자. 이는 휴식 시간을 갖더라도 꼭 해야만 하는 일들이므로, 꼭 해야 할 정리는 놓치지 말고 계속해야 한다. 이를 통해 이후에 새로운 일을 시작할 때 지체 없이 바로 행동에 나설 수 있을 것이다.

퇴사 후 겪은 성공과 실패, 그리고…

퇴사 후 얼마 지나지 않은 시점부터 나의 적성을 찾기 위한 도전을 시작했다. 당시에는 하고 싶은 일도 많았고, 뭐든 잘 할 수 있을 거라는 자신감도 충만해 있는 상태였다. 하지만 이것만으로 선뜻 무언가를 도전하기에는 뭔가 께름칙한 부분이 있었다. 그래서 단순한 흥미와 이를 넘어 도전해 볼 만한 일을 구분하기 시작했다. 이후에는 실제로 적성에 맞는다고 예상되는 다양한 일들에 도전하기 시작했고, 이를 장기간 이어 나갔다. 그리고 비로소 적성에 맞는 일이 무엇인지 알아낼 수 있었다. 도전 후 단순히 성공과 실패를 가리는 것보다 중요한 것이 바로 이 부분, '내가 어떤 것을 느꼈고 무엇을 알게 되었는가'이다. 비록 이렇다 할 대성공은 없었다 할지라도 그 과정에서 적성에 맞는 일이 무엇인지 깨달을 수 있었다면, 어떤 측면에서는 성공과 동일한 수준의 가치가 있는 일일 수 있기 때문이다.

성공: 배우는 습관 들이기

회사원이 되고 나서 가장 안타까웠던 것은 어느 순간부터는 성장하고 있다는 느낌이 희미해졌다는 것이었다. 내 생활의 주(主)가 회사를 중심으로 돌아가다 보니 나를 돌볼 시간적 · 정신적 여유가 없어졌고, 삶의 계획을 세우고 다양한 방식을 통해 나를 성장하게 하는 일과는 자연스럽게 멀어졌었다. 그래서 나는 퇴사 후에 나를 성장하게 하는 것에는 여러 가지가 있겠지만, 그중에서 '배우는 습관'을 제대로 들여보기로 결심했다. 그리고 이 습관의 지속을 위해 '유형의 성과'를 만드는 일을 바로 시작했다. 구체적으로는 이를 위해 자격증에 도전하는 방법을 활용했다. 우선 '한국사 능력 시험' 자격증에 도전하면서 역사 공부를 하는 습관을 들이기 시작했고, 동시에 'TESAT' 라는 경제학 자격증에도 도전을 시작했다. 평소 관심 분야였던 재테크에 도움을 받을 수 있음은 물론, 경제 상식을 쌓는 측면에서도 도움이 될 수 있을 것이라 생각했기 때문이다. 이렇게 나는 '배우는 습관'을 들이는 데 성공했다는 증거로 자격증 취득, 즉 '유형의 성과'를 통해 '배움의 습관'을 지속해 나갈 수 있는 강력한 동기 또한 부여받을 수 있었다.

평소 "아는 만큼 보인다."라는 문장을 별로 좋아하지 않는다. 문장에서 은근히 본인이 갖고 있는 지식수준에 대한 자만이 느껴지기 때문이다. 이는 같은 문장의 대우(對偶)인 "보이지 않으면 모르는 것이다."를 보면 더 확실히 느낄 수 있다. 나는 이러한 문장보단 "알수록 더욱 궁금해진다."라는 문장을 더 좋아한다. 아는 것이 많아질수록 연계된 지식을 더욱 알고 싶은 것은 당연한 일이기 때문이다. 특히 어떤 지식은 단편적인 지식만으로는 이해가 어려운 경우도 있다. 이는 마치 무언가를 알아갈수록 역설적으로 내가 무언가를 모르고 있다는 진리를 깨닫는 것과 같다. 따라서 이러한 일들이 반복될수록 우리는 겸손한 태도를 가지게 될 수밖에 없으며, 이것은 배움의 또 다른 장점 중 하나이기도 하다.

이 시점에서 양심고백을 하자면, 이렇게 진지하게 공부론(論)을 전개하긴 했지만 본인이 박사 학위를 보유하고 있거나 한 것은 아니다. 사실 필자는 그냥 평범한 사람 그 자체이다. 다만 이런 평범한 사람도 공부를 통해 배움의 즐거움과 깨달음을 얻을 수 있다는 점을 꼭 알려주고 싶었다. 본인이 평소에 하고 싶었던 분야가 있다면 그것부터 시작해서 차근차근 지식의 폭을 확대해 나가자. 그리고 이 과정에서 앞서 말한 방법을 적극적으로 활용해 보길 추천한다.

실패 : 그래도 끝임없이 도전하기

퇴사 시점에 맞춰 사업자등록증을 발급받았고, 소규모 사업을 시작했다. 온라인에 상점을 개설하고, 중국에서 물건을 들여와 판매하는 구조의 사업이었다. 판매하기에 적절한 물건과 업체를 찾은 후, 주문 및 배송대행업체와 계약한 후 발주를 넣었다. 예상 배송 시점은 2주일 내외였고, 이 시간 동안 판매를 위한 기본 세팅과 마케팅 준비까지 전부 마쳤다. 하지만 앞서 퇴사 후 얼마 지나지 않아 전 세계로 확산된 코로나19로 인해 여행을 가지 못했다고 한 적이 있다. 그리고 이 영향은 사업에서도 마찬가지였다. 코로나19가 확산되면서 중국발 물량은 전량 배송이 무기한 연장되었다. 당연히 그동안의 준비는 무용지물 상태가 되어버렸고, 현지 상황상 반품도 진행할 수 없는 상태였기 때문에 마냥 기다리는 것 외에는 방법이 없었다. 퇴사 후 야심 차게 시작한 첫 도전은 이렇게 무기한 중지된 채 마무리되고 말았다.

두 번째 실패는 새해를 기념해 들었던 한 강의에서 비롯되었다. '전자책'을 만드는 방법에 대한 강의였는데, 나는 듣자마자 도전할 만한 일이라는 생각이 들었다. 이 강의에서 말한 전자책 만드는 방법은 문서를 바탕으로 전자책을 만들어 온라인에 판매하는 것으로, 그간 내가 회사 생활을 하면서 쌓아왔던 경험과 노하우를 바탕으로 전자책을 만들면 작게나마 수익을 얻을 수 있을 거란 생각이 들었기 때문이다. 하지만 이때는 콘텐츠의 대중성 그리고 홍보의 중요성을 간과했었다. 열정에 불타올라 나의 노하우를 담은 2권의 전자책을 만들어 냈지만, 초기에만 약간 팔린 후 이내 전무한 판매량을 보이기 시작했다. 해당 분야에서 선호되지 않는 주제였고, 딱히 홍보한 것도 아니었기 때문에 발생한 결과였다. 그리고 설상가상으로 이후에 전자책 판매에 대한 규정이 까다롭게 변경되었고, 이때 만들었던 전자책들은 결국 모두 '판매 불가'를 받게 되었다.

마지막은 회사에 다닐 때부터 알아봤었던 '셰어하우스'라는 사업이다. 실제로 퇴사 전부터 틈틈이 부동산을 둘러보며 사업을 위한 매물을 살펴보기도 했었다. 그러다가 맞이한 퇴사 후 첫 새해, 갑자기 괜찮은 매물들이 쏟아져 나오기 시작했다. 이 중에 좋은 매물을 잡아 3월 개강 전에 준비를 마친다면 괜찮은 성과를 보일 수 있을 것이란 확신이 들었다. 그리고 실제로 좋은 매물 하나를 발견해 거래를 진척시켰고, 계약을 앞두고 돈만 준비가 되면 바로 일을 시작할 수 있게 되었다. 이때 대부분의 자금은 주식 계좌에 보유하고 있었던지라, 주식을 팔아 확보한 돈으로 계약을 완료할 생각이었다. 그런데 코로나19로 인한 주가 폭락 사태가 시작되었다. 이에 따라 예상보다 훨씬 큰 폭의 손실이 발생했고, 주식을 절대 팔아선 안 되는 수준이 되어버렸다. 결국 관련된 분들에게 양해를 구하고, 계약과 사업을 포기해야만 했다. 하지만 지금 와서 생각해 보면 그때 계약을 하지 못했던 건 신이 도운 일이었다. 코로나19로 3월에 개강은 했지만, 대부분의 대학이 온라인 수업으로 전환을 시작했기 때문이다. 만약 그때 계약을 하고 셰어하우스 사업을 시작했다면 현재까지도 제반 비용을 메꾸느라 고생하고 있었을 것이다. 지금 다시 생각해 봐도 아찔하다.

진행: 운동, SNS, 글쓰기와 독서 모임

퇴사 직후부터 현재까지 매일매일 운동을 하고 있다.

처음에는 음주와 과식으로 늘어난 살들을 없애기 위해 시작했지만, 이제는 하루라도 운동을 하지 않으면 허전할 정도다. 우리는 운동을 통해 건강한 몸을 만드는 것은 물론, 정신적으로도 건강해지는 것을 체감할 수 있다. 특히 무기력한 느낌이 들 때, 내가 뭘 해야 할지 모를 때 운동을 하면 자연스럽게 생각이 정리되곤 한다. 현재 나는 헬스장에서 주로 운동을 하고 있고, 올해부터는 '바디프로필 촬영'이라는 새로운 목표를 세워 운동을 하고 있다. 아직 몸이 만족스러운 상태는 아니지만, 조금 더 집중한다면 조만간 목표를 이룰 수 있을 것이라 생각한다.

다음으로 넘어가서 현재 포털사이트에 '리브로맨스'라는 키워드로 검색해 보면 필자의 모습을 볼 수 있는데, 퇴사 후 각종 SNS를 본격적으로 운영하면서 얻을 수 있었던 성과 중 하나이다. 네이버 블로그, 인스타그램, 브런치 계정을 운영하고 있고, 블로그와 인스타그램에는 평소 관심 분야였던 책, 패션, IT와 관련된 글을 올리고 있다. 이 분야는 결코 단기간에

큰 효과가 나타나지 않기에 지속해서 운영해 나가야 하지만, 부차적인 효과들을 은근히 많이 얻어 나가고 있다. 특히 작문 능력의 향상은 물론 운이 좋은 경우 협찬 상품이나 금전적 수익 또한 노려볼 수 있다. 하지만 유명 인플루언서가 아닌 만큼, 작성 시간 대비 효율이 현격히 떨어지는 수준인 것은 사실이다. 그래서 현재는 효율성이 추구되는 선에서 관리 위주로 운영하고 있다.

그리고 독서라는 취미를 독서 모임을 운영해 가며 더욱 발전시켜 나가고 있다. 독서 모임을 통해 장르에 대한 편식 없이 책을 읽고, 토론을 통해 감상의 폭을 한층 더 넓혀 나가고 있다. 이를 통해 머리와 가슴에 무엇인가 남기는 발전된 독서를 진행해 나가고 있다. 또한, 이 책의 시작이 된 '브런치'에 글을 올리기 시작했을 때는 단순히 퇴사 과정에서 겪었던 일들을 남겨보고 싶다는 생각에서 글을 쓰기 시작했지만, 시간이 지나면서 한 권의 책으로 만들어 나갈 수 있었다. 이 과정을 통해 내가 쓰고 싶은 글이 무엇이고,

어떤 방식으로 써야 하는지와 같은 것들도 알 수 있었다.

마침내 동사형 꿈을 꾸다

유대계 독일 작가 프란츠 카프카의 명언 중에 "책은 우리 내면의 얼어붙은 바다를 깨는 도끼여야 한다."라는 문장이 있다. 그리고 나는 이 문장을 읽자마자 나의 내면이 이 문장으로 내리 찍혀지는 듯한 느낌을 받았다. 찍힌 틈 사이로 실체는 없었지만 분명히 내면에는 존재했던, 욕망과 한(恨)들이 한꺼번에 뿜어져 나오는 것 같은 느낌이었다. 이 문장을 읽은 것을 시작으로 어린 시절의 일들과 그 당시의 꿈에 대하여 다시금 돌아보는 시간을 갖게 되었고, 마침내 깨달음을 얻을 수 있었다. 아래 글에서는 퇴사 후 나의 꿈을 찾고, 마침내 꿈을 꾸게 된 이 과정을 담았다.

어린 시절 가족이 운영하던 가게 뒤편 작은방에서 살았을 때부터 돈의 중요성은 어렵지 않게 깨우칠 수 있었다. 부모님은 자주 금전적인 문제로 힘들어하셨고, 이를 지켜보던 어린 시절의 나는 100원짜리 오락조차 쉽게 하기 어려웠다. 부모님에게 돈을 달라고 하는 것 자체가 눈치 보였기 때문이다. 어린 나이였지만 돈에 대한 의문을 늘 갖고 있었다. 돈이란 것이 도대체 뭐길래 부모님을 저렇게 힘들게 하는 걸까? 해결 방법은 없는 걸까? 그리고 초등학생이 되었고, 좀 더 본격적으로 방법을 찾아 나가기 시작했다. 그때 찾아낸 방법은 '사장님'이 되는 것이었다. 그 시절 TV를 통해서 봐도, 친구들 말을 들어봐도 사장님들은 전부 부자였기 때문이다. 그래서 초등학생 때 내 장래 희망은 줄곧 '사장님'이었다.

중학생이 되었다. 꿈은 더욱 구체화되기 시작했다. 그리고 내가 꿈꾸던 사장님의 모습은 사실 한 기업의 'CEO'에 가깝다는 것을 알게 되었다. 사실 이때는 CEO가 무슨 단어의 약자인지도 몰랐지만, 어쨌든 이 시절 나의 장래 희망은 'CEO'였다. 시간은 더 흘러 고등학생이 되었고, 꿈을 이루기 위해 상위권 대학의 '경영학과'에 진학하는 것을 목표로 공부했다. 하지만 기대만큼 수능 성적은 나오지 않았고, 자발적으로 12월부터 재수 생활을 시작했다. 그리고 재수 생활 시절, 잠은 5시간 이상 자지 않았고, 그 외 남은 하루의 대부분을 공부에만 사용했을 정도로 고군분투했다. 하지만 다시 본 수능의 결과는 긴장이 지나쳤던 탓인지, 노력이 부족했던 탓인지 처참했다. 결국 원래 목표로 했던 대학에는 원서조차 쓸 수 없었고, 성적에 맞는 대학에 지원할 수밖에 없었다. 불행 중 다행으로 경영학과에 진학하는 데 성공했을 뿐이었다.

/ 생각의 재편: 정말 경영학도가 되고 싶었던 것일까? /

여기까지 정리하고 보니 본질적인 의문이 들었다. 나는 정말 경영학도가 되고 싶었던 것일까? 혹시 환경이 나를 이렇게 만든 것은 아니었을까? 머리가 크고 나서부터는 단 한 번도 고민해 보지 않은 질문이었다. 그저 어릴 때부터 쭉 부자가 되고 싶었고, 이를 위한 길은 경영학도가 되는 것뿐이라 생각했다. 돈을 많이 벌어서 나의 주변 사람들이 돈 때문에 고민하지 않기를 간절히 바랐다.

그리고 다시 처음으로 돌아가 어렸을 적에 내가 무엇을 좋아했는지 생각해 보았다. 나는 유달리 책 읽는 것을 좋아했었다. 만화책, 동화책, 소설 등 장르를 가리지 않았고, 심지어 국어 시간에는 교과서에 실린 글들을 미리 읽는 이상한 취미가 있었을 정도였다. 그리고 책 읽는 것과 함께 혼자서 생각하고 상상했던 것을 글로 쓰는 것도 좋아했다. 때로는 내가 쓴 글을 인터넷에 올리기도 했는데, 당시에는 기대 이상으로 반응이 좋아 많은 사람의 호응을 받기도 했다. 그리고 그때마다 묘한 기분을 느끼면서 이런 일을 평생 하는 것도 나쁘지 않겠다고 생각하기도 했었다. 하지만 생각은 그때뿐, 당시에는 부자가 되는 방법은 책 읽기와 글쓰기가 아니라고 생각했기 때문에 이쪽으로의 꿈은 생각조차 하지 않았다.

이 시점에서 나는 의문이 들기 시작했다. 내가 진짜 하고 싶었던 일은 글 쓰는 것, 작가가 되고 싶었던 것은 아닐까? 회사에 다닐 때조차 독서를 포기할 수 없었던 이유 또한 이와 관련이 있는 것은 아닐까? 그리고 퇴사 이후에는 또 어떠한가. 여러 가지 일들에 도전해 왔지만, 가장 오래 지속했던 것은 글을 쓰는 일이었다. 그렇다. 나는 항상 이야기를 만들어 내고자 하는 욕구가 있었다. 사실 나는 글을 쓰는 일을 하고 싶었던 사람인 것이다.

/ 그리고 마침내, 동사형 꿈을 꾸다 /

"우리는 명사형 꿈이 아닌 '동사형' 꿈을 갖고 살아야 합니다." 살면서 들었던 꿈과 관련된 명언 중 가장 인상 깊었던 말이다. 우리의 꿈은 '회사원'이나 '사장님' 같은 '명사형'으로 고정되어서는 안 되며, 내가 하고 싶은 진정한 일은 무엇이며 왜 하고 싶은지를 담아 '동사형'으로 표현되어야 한다는 것이다. 간혹 목표 중간에 잠시 명사형 꿈을 가지는 시기를 거칠 수는 있어도, 결국에는 동사형 꿈의 방향을 따라가야 한다. 참고로 나의 동사형 꿈은 '누군가의 감정에 떨림을 일으킬 수 있는 글을 쓰는 행위를 지속하고 싶다'이다. 그리고 이 동사형 꿈을 위해 '작가' 그리고 '소설가'가 되어보자는 중간 목표인 명사형 꿈을 세웠다. 이 책 역시 동사형 꿈을 이루기 위한 명사형 목표들의 결과물이다.

그동안 꿈이란 것을 사치처럼 느끼며 현실성만을 추구하며 살아왔다. 하지만 늦게나마 되찾은 꿈 덕분에 현재는 하루하루 더 생기 있게 살아가고 있다. 그리고 이제는 꿈을 이루기 위한 모든 일들을 더 이상 미루거나 지체하지 않을 것이다. '꿈'의 위력은 이토록 강력하다. 무기력한 이에게 삶의 동기를 부여하기도, 의지를 잃고 누워만 있던 사람을 벌떡 일으키기도 한다. 이 글을 읽는 분들 또한 진정한 꿈을 찾고 새로운 힘을 얻는 경험을 반드시 해 보았으면 한다. 마지막으로 이미 동사형 꿈을 가신 분들에게는 응원을, 앞으로 동사형 꿈을 가질 분들에게는 아직 늦지 않았다는 말을 전하고 싶다. 시작은 바로 지금부터다.

Epilogue

때로 삶은 선택과 후회로 이루어져 있는 것 같다는 생각이 듭니다. 그리고 이때 조금 더 나은 삶을 살기 위한 방법은 본인의 선택에는 조금 더 확신을, 후회에는 조금 덜 시간을 갖는 것일 겁니다. 평범한 회사원에서 작가로의 생뚱맞은 변신을 선택하고, 그 외에 다양한 일들에도 도전을 거듭하고 있는 제가 선택에 따른 후회를 덜기 위해 매번 사용하고 있는 방법입니다.

삶의 과정에서 본인이 어떤 선택을 하게 되었든, 우선 본인의 생각에 확신을 가지시길 바랍니다.

저는 제 글을 읽어주시는 모든 분들이 고맙습니다. 그리고 독자 분들께서 저에게 투자한 시간에 반드시 보답해야 한다고 항상 생각합니다. 제 바람으로는 지금 즈음 '그래도 이 책은 얻어갈 게 몇 가지는 있었네'라고 생각할 수 있었으면 좋겠습니다. 여기까지 읽어주신 당신의 마음에 진심으로 감사드리며, 호평뿐만 아니라 혹평 또한 감사히 받아들이는 작가가 되겠습니다. 그럼 저는 조만간 다른 글과 함께 찾아뵙

겠습니다. 다시 한번 감사드립니다.

– 자칫 묻힐 뻔했던 글을 출간할 수 있도록 기회를 만
들어 준 출판사 관계자 분들과, 첫 출간이라 아쉬운
부분이 많았을 텐데도 진심을 다해 도와주신 편집자
님께 감사의 말을 전합니다.

– 퇴사부터 출간까지, 막연함과 무모함만이 가득해
보일 수 있는 저에게 지속된 응원을 건네준 가족과
친구들에게도 감사 인사를 전합니다. 저도 그대들
이 무슨 도전을 하든 평생 응원하겠습니다.

어제도 오늘도
퇴준생입니다

초판인쇄 2021년 6월 4일
초판발행 2021년 6월 4일

지은이 박철홍
펴낸이 채종준
기획·편집 유나영
디자인 김예리
마케팅 문선영 전예리

펴낸곳 한국학술정보(주)
주소 경기도 파주시 회동길 230 (문발동)
전화 031 908 3181(대표)
팩스 031 908 3189
홈페이지 http://ebook.kstudy.com
E-mail 출판사업부 publish@kstudy.com
등록 제일산—115호(2000. 6. 19)

ISBN 979-11-6603-436-7 02810